KB117618

그리운
누군가가  근처에
산다

여태현 산문집

프롤로그

별안간에 삶이 공허해질 때면 떠오르는 얼굴들이 있다. 그리움을 먹고 자란 얼굴들은 대체로 표정이 좋다. 나는 가끔 그들의 이름을 부른다. 대답해줄 리는 없지만, 어쩐지 대답을 들은 것도 같아, 조금 서운한 기분이 된다.

가끔 낯빛이 괜찮은 날엔 누군가가 나를 그리워하고 있을 수도 있겠다. 막연히 생각하기도 한다. 무언가 대답해주고 싶지만, 그리움에 목이 막혀 좀처럼 입술이 떨어지질 않는다.

차
례

# 1

계속되는 우연들,

그 낯익은 얼굴

# 2

나를 이루는 글자들,

삶의 형태

# 3

당신의 문장을
과식한 날이면

# 4

그리운 누군가가

근처에 산다

# 1

계속되는 우연들,
그 낯익은 얼굴

# 표면장력

나는 표면장력이란 말이 슬프다. 그렁그렁하게 걸려 떨어지지 않는 게 꼭 당신의 농담을 닮았다. 왜 술을 거의 끝까지 따랐을 때 했던 말 같은 거. 넘치기엔 한 방울쯤 모자란 딱 그만큼의 마음과 우스운 농담. 그래 뭐랄까 말속에 숨은 그리움 같은.

# 예상치 못한 곳에서
# 예상치 못한 행복을 발견하는 일

운전하는 것을 좋아한다. 남들보다 운전에 피로감을 덜 느끼는 편이고, 차에서 보내는 시간 자체를 좋아하는 것 같기도 하다. 시속 몇십 킬로로 달리는 차 안에서 나는 내가 온전히 존재함을 자주 깨닫는다. 그 이유는 명백하다. 핸드폰만 들추지 않는다면 타인의 간섭으로부터 완전히 자유로울 수 있는 거다. 어떤 외부적 간섭도 허용하지 않는 공간. 나는 주변에 나를 흐트러뜨리고 사는 사람이라, 그런 곳에서만 온전히 존재할 수 있었다.

처음 차를 샀을 땐 고속도로를 달리면서 자주 울었다. 감격스럽거나 해서 그런 건 아니었다. 그냥 그 무렵의 나는 치밀어 오르는 서러움 같은 걸 늘상 품고 살았는데, 차에서 울어야만 방해 없이 끝까지 울 수 있었으므로 자연히 그렇게 된 것이다. 그땐 생에 산재한 모든 것들이 다 나를 슬프게 만들었다. 꼭 세상이 내 원망을 먹고 사는 것 같았다. 맥락 없는 상대적 박탈감으로 이 사람 저 사람 할 거 없이 시기 질투하고 뭐 그랬었다. 그러니 울지 않을 수가 없는 거였다.

그다음으로 차에서 많이 한 일은 라디오 청취였다. 매일 듣는 비슷비슷한 음악 플레이리스트에 염증을 느꼈던 것 같다. 어떻게, 왜 시작한 건진 모르겠는데, 이동할 땐 항상 '유인나의 볼륨을 높여요'를 들었다. 이미 6년쯤 전에 종영한 라디오를 매일 챙겨 듣는 건 좀 묘한 일이다. 계속 듣다 보면 세상이 변하긴 변한다는 사실을 잘 알게 된다. 요즘 같으면 쉽게 하기 힘든 발언들을 아무렇지 않게 하는 거다. 그땐 이게 당연한 거였지. 이해하려다가도 좀 불편하다. 불편함을 느낄 줄 아는 사람이라 다행이란 생각을 하면서 불편함을 불편해하지 않기로 한다. 어쨌든 세상은 좋은 쪽으로 나아가고 있다. 나는 2020년에, 그들은 2012년에 사는 것이다.

많이 들은 만큼 기억에 남는 에피소드도 많다. 100회 특집에서 유인나가 펑펑 울었던 것도, '하고 싶은 말이 있어'라는 코너를 통해 알렉스와 연기 호흡을 맞추던 것도, 아이유와 사랑스런 티키타카를 보여준 것도, 다 좋았다. 그중에 가장 많이 울었던 에피소드를 꼽으라면, 나는 망설임 없이 동료 배우와의 열애 사실을 수줍게 밝히던 것을 꼽겠다. 누가 들어도 설레는 목소리로 동료 배우와 만나기 시작했다는 얘기를 하는데, 나는 그게 그렇게 슬프게 들릴 수가 없었다. 드라마에서 보여준 둘의 달달한 모습과 마지막화에서 펑펑 울던 유인나와 끝내 헤어지고 만 둘의 처지가 결국 한 점처럼 보였다. 우주적 관점으로 그들의 연애를 지켜본다. 과거와 현재와 미래가 이미 펼쳐져 있고, 나는 한 발짝 뒤에 서서 그걸 동시에 본다. 그러다 보면 어떤 이별이든 간에 결국 그래야만 하는 일로 느껴지기도 하는 것이다.

나는 우주를 좋아한다. 우주적 관점으로 무언갈 지켜보다 보면 내가 인간이기 때문에 간과하고 살 수밖에 없는 것들이 더없이 명확하게 다가온다. 그런 연유로 다큐멘터리를 자주 본다. 명확함에 대한 갈증은 호기심 많은 인간으로 태어난 이상 필연적인 것이다. 어젠 운전을 하면서 우주에 관한 다큐멘터리를 들었다. 칼 세이건의 <코스모스>를 풀이해주는 다큐였다.

우리가 사는 은하는 수천억 개의 별로 이루어져 있다. 그런 은하가 수십 개 모이면 국부 은하군을 이루고, 국부 은하군이 한데 모이면 은하단을 이룬다. 은하단이 모이면 초은하단, 그다음은 초초은하단, 울트라, 슈퍼슈퍼, 초초초……. 뭐 그런 식이다. 하고 싶은 말은 뭐냐면, 우주는 굉장하다고!

칼 세이건은 저서 <코스모스>를 통해 '우리의 존재가 무한한 공간 속의 한 점이라면 흐르는 시간 속에서도 찰나의 순간밖에 차지하지 못한다'라고 했다. 좀 더 와닿는 설명도 있다. '우리 은하가 한 바퀴 도는 시간을 인간의 1년으로 환산하면, 한 사람의 생은 4초쯤 된다' 이 문장을 적는 데도 4초가 넘는 시간을 사용했다. 그러니까 어떤 문장은 한 인간의 생만큼 가치 있을 수도 있을 거다. 그런 생각을 하면 손끝이 무거워진다. 누구도 강요하지 않은 책임감을 혼자 느낀다. 이런 책임감이 내가 끝내 작가일 수 있게 만드는 원동력이겠다.

우주의 거대함을 상상하다 보면, 종종 길을 잘못 들기도 한다. 처음 보는 오르막을 오르면서 우회해야 하는 시간을 4초로 나눠 몇 번을 다시 살아야 만회할 수 있는 실수를 한 건지 의미 없는 계산을 한다. 잘못 든 길엔 벚꽃이 잔뜩 펴있었다. 어느 정도로 잔뜩이냐면, 열 번 죽어도 여한이 없을 정도로.

잘못 접어든 길에서 느닷없이 아름다운 풍경을 마주하면 나는 우주만큼 관대해진다. 세상에 잘못된 길은 없다고. 그냥 좀 돌아가면 될 일이라고. 혼잣말하기도 한다. 살다 보니 가끔은 이런 일도 있다. 예상치 못한 곳에서 예상치 못한 행복을 발견하는 일. 이런 우연이 계속되는 한, 인생은 끝까지 살아볼 만한 것이다.

# 시절

삼십몇 년 정도 살다 보니 인생엔 시절이 있고, 시절마다 선호하는 게 조금씩 달라진단 사실을 자연스럽게 받아들이게 되었다. 막 서른이 되었을 땐 그런 게 못내 괴로웠었다. 죽을 만큼 사랑했던 사람이나, 나의 온 세상을 온통 한 점으로 귀결시키던 소설, 앉은 자리에서 몇 번이나 돌려보던 영화, 시도 때도 없이 먹고 싶어 하던 음식… 같은 것들을 더이상 사랑하지 않는단 사실을 매일 인정해야 했다. 나는 쉽게 죄짓는 기분이 되는 사람이라, 거의 매일 내가 과거에 사랑했던 것들과 그것들에게 할애한 시간에 사죄하며 지냈다. 그럴 땐 꼭 애써 권태기를 극

복하려는 사람처럼 사랑했었다는 느낌만 붙들고 그 시절로 돌아가려 애썼다. 하지만 누구나 잘 알고 있듯이 지나간 시절로 회귀하는 일은 영 불가능하다. 우리의 시간은 한 방향으로 흐르고, 나는 영락없는 보통 인간이니까. 미련을 붙들고 사는 건 괴롭다. 미련은 말 그대로 미련이라 돌이킬 방도 같은 건 어디에도 없는 거다. 계속 그리워하다가, 사랑할 수 있었던 것들을 죄다 놓치기도 하고, 다신 사랑하지 않겠다는 억지를 부리기도 하는 것이다. 바야흐로 대미련의 시대. 한 이 년 정도 미련하게 살다 보니 그리운 것들이 더이상 그립질 않았다. 애처럼 떼쓰고 싶은 마음도 들질 않았다. 아마 그리워하는 데에 쓸 수 있는 모든 기력을 소진한 모양이었다. 앞에 구태여 '자연스럽게 받아들이게 되었다'라고 적은 건 정말로 자연스럽게 그렇게 되어버렸기 때문이다. 나는 최선을 다해 그리워했을 뿐인데 어째선지 아무것도 그리워하지 않는 사람이 되어 있었다. 대미련의 시대를 지나, 새로운 시절로 접어든 모양이었다. 이를테면 염세의 시대나 권태의 시대. 그렇게 명명하기로 한다.

그러니까 이젠, 작년에 죽고 못 살았던 것들이 별안간에 볼품없어지는 일에 크게 상심하질 않는다. 떠나가는 것들이나 사라지는 것들에 별로 미련이 생기지도 않고, 좀처럼 뜨거워지는 일도 잘 없다. 꽃이 피고 지는 일에 일희일비하지 않게 되었다.

응당 그래야 하는 것들에 아쉬움을 느끼기보단 피고 지는 것을 묵묵히 지켜봐 주기로 한다. 꼭 도사라도 된 것처럼 적었지만, 그런 대단한 것과는 거리가 멀다. 사실대로 적자면 삶이 좀 퍽퍽하고 무미건조하다.

예전에 쓴 글들을 다시 읽으면 나도 모르는 내 모습을 알게 된다. 이때쯤엔 이런 생각을 하고 살았구나, 이때쯤엔 내가 누구를 사랑했구나, 뒤늦게 깨닫기도 하는 것이다. 최근 한 일년 간 적은 글들은 영 퍽퍽하다. 물 없이 삼키기 어려울 만큼. 내가 이걸 이렇게 적었다고? 실은 몇 번 놀라면서 읽었다. 에피소드는 기억나는데, 이런 식으로 풀어서 적어놨단 게 믿기질 않는 거다. 읽는 내내 눈이 건조해서 혼났다. 해탈한 사람처럼 굴면서 괴로운 티는 아낌없이 내는 게, 꼭 어린애가 떼쓰는 거랑 별다를 바 없어 보였다. 그제야 깨닫는다. 염세의 시대, 권태의 시대가 가고 내게 새로운 시절이 도래했구나!

변화의 기점은 물론 소소다. 요즘 내 삶의 거의 모든 부분은 소소를 향해 기울어있다. 검은 몸뚱어리에 네 개의 하얀 발, 하얀 목도리를 두르고 토끼같이 솟은 검은 귀를 가진 사랑스런 아이. 아침에 눈을 뜨면 제일 먼저 소소의 얼굴을 볼 수 있다. 자기가 좋아하는 장난감을 침대 머리맡에 죄다 올려놓고, 앞발로 얼굴을 툭툭 건드리는 거다. 이제 그만 자고 일어나라고. 놀아

줄 때가 되지 않았느냐고. 그런 걸 보고 있으면 아무리 피곤해도 일어나는 수밖에 없다. 얘는 내가 잃어버린, 혹은 잃어버린 줄 알았던, 혹은 잃어버린 체하던 모든 긍정적인 감정들을 몽땅 모아서 예쁘게 빚어놓은 생명체 같다. 볼수록 웃게 되고, 오래 살고 싶단 생각을 하게 만든다.

소소를 만나고서 가장 먼저 변한 건, 끝을 생각하는 버릇이다. 나는 무언갈 시작할 때면 처음부터 끝을 생각하는 종류의 사람이다. 아니, 사람이었다. 관계가 됐든, 일이 됐든, 글이 됐든 간에 끝날 때까지의 대략적인 계획을 세우고 그대로 따라가는 걸 좋아한다. 어제 적은 것처럼 예상치 못한 일은 날 당혹스럽게 만드니까. 오래 반려견을 키우지 못하고 고민만한 것도 같은 이유다. 개는 십오 년쯤 산다는데, 그럼 얘가 죽고 난 다음엔? 이런 생각에 자꾸만 입양을 망설이게 되는 거다. 소소와 함께 살게 된 뒤로도 한 달 정도는 그런 생각을 종종 했다. 마흔여덟 살의 나는 좀 더 의연하게 반려견을 떠나보낼 수 있을까. 근데 그런 걱정만 하고 흘려보내기엔 눈앞에 소소가 너무 사랑스러웠다. 개의 시간은 사람의 몇 배로 흐른다지. 아차 하는 사이에 4킬로에서 8킬로가 되고, 털이 자라고, 더 높이 뛰게 된다. 나는 이제 평생 얘가 어떻게 자라는지, 어떤 걸 좋아하는지. 지켜봐 줘야 할 의무가 있는 거다.

꽃이 지는 일에 일희일비하지 않는 건 여전하지만, 예전처럼 권태를 기반으로 하지 않는다. 뭐랄까 내가 흘려보내는 지금 이 순간이 단 한 번뿐이란 사실을 실감하게 된 거다. (단순히 아는 것과 실감하는 것 사이엔 좀 큰 차이가 있다) 이제 나는 그런 것들로부터 생의 가치를 읽는다. 조금씩 자라는 것들로부터, 자연에 순응하는 것들로부터, 지금 내 뒤에 엎드려 숨소리를 내고 있는 작은 생명체로부터.

# 삶을 계속 살게 하는 원동력

얼마 전 휘와 삶을 계속 살게 하는 원동력에 관한 이야기를 나눈 적이 있다. 다정함의 형태를 출간한 직후였다. 언젠가 책을 출간한 뒤에 찾아오는 괴로움에 관한 이야기를 한 적이 있는데, 그걸 기억해준 거다. 요즘 내 상태가 별로 좋지 않아 보여서, 책을 한 권 만들어냈으니 또다시 그런 상태가 찾아온 걸까. 염려했다고 했다. 나는 그 다정함에 잠깐 말을 잃었다. 이런 다정함을 내가 받아도 되는 건가? 손발에 온기가 돌았다. 한 권의 책을 세상에 내놓고 나면 작가는 응당 그런 상태가 될 것이다. 모든 걸 다 소진했기 때문에, 달려가던 방향을 별안간에 잃어버렸기 때문에, 돌이킬 수 없단 걸 인정해야 하기 때문에.

책을 쓸 때의 작가는 매일 거의 열댓 시간씩 책상 앞에 앉아 고독과 마주해야 한다. 나도 모르는 사이에 켜켜이 쌓여 지층처럼 단단해진 무의식의 바닷속으로 침전하는 것이다. 그러다 보면 필연적으로 평소의 '나'보다 훨씬 나은 상태의 인간이 된다. 더 많이 생각하고, 고민하고, 매일 두 걸음씩 발전한다. 인지의 영역이 끝을 모르는 우주처럼 바깥을 향해 팽창하고, 인간이 깊어지는 과정을 보다 낱낱이 알게 된다. 그러다 마침내 ISBN 번호를 부여받고, 바코드가 나오고, 책이 서점에 입고되면 끝없이 팽창하던 자아는 바람 빠진 풍선처럼 쭈그러드는 것이다. 초라해진 기분으로 책상 앞에 앉으면 당분간은 별로 쓸 게 없다. 고여있던 모든 걸 소진했기 때문에. 괴로움은 그것으로부터 야기되는 것이다.

하지만 그렇다고 해서 죽고 싶단 기분이 들지는 않는다. 작가에겐 늘 다음이 있고, 다음은 더 나을 거라는 기대를 가질 수 있기 때문이다. 그러므로 내가 어딘가에 죽고 싶단 말을 적었다면 그건 책을 출간했기 때문이 아니라, 다른 합당한 이유가 있는 것이다. 다시 처음으로 돌아가서- 휘는 내가 어딘가에 적어 놓은 죽고 싶단 말을 본 거다.

나는 휘에게, 삶을 계속 살게 하는 몇 개의 원동력을 잃어버렸노라고 이실직고했다. 실제로 그랬다. 그때의 나는 삶을 지탱하던 커다란 기둥 몇 개를 상실한 상태였다. 휘가 내게 말을 걸었을 때 한참 고심하고 있던 문제는 이거였다. 나는 내게 의지하는 것들을 통해 살아있음을 실감하는 종류의 인간인데, 요즘엔 내게 의지하고 사는 사람이 영 없다. 희생하는 사랑, 무조건적인 믿음, 인내, 양보, 책임감, 그밖에 숭고한 어떤 것. 그런 것들을 행하면서 순례자처럼 구는 것이 삶을 살아내는 일종의 원동력이었다. 그저 숭고하게 구는 모습에 도취되는 것이다. 의도가 이미 불순했기 때문에, 본연의 가치는 상실한 채로였다. 내 짐작이 정확하다면 휘는 '삶을 계속 살게 하는 원동력'이란 단어에 꽂힌 것 같았다. 왜냐하면 휘는 나랑 비슷한 사람이라, 삶을 계속 살게 하는 원동력 같은 게 별로 없을 테니까. 생경한 단어를 보면 구미가 당기는 성질도 나와 닮았다.

휘는 얼마 전부터 새로운 직장에 다니기 시작했다. 얘길 들어보니 좀 자유로운 분위기의 회사인 모양이다. 휘에게 전해 들은 회사의 몇 가지 문화 중에 감탄했던 게 하나 있다. 금요일마다 아무 말 회의를 연다는 거다. 매주 한 사람이 주제를 발제해서 그걸 가지고 자유롭게 이야기를 나눈다고. 업무에 관한 거나 건강, 사생활, 관심사에 관해 자유롭게 나누고 서로를 이해하는 시간을 갖는 게 목적이라고 했다. 휘는 사람들에게 삶을 계속 살게 하는 원동력에 관한 질문을 했다. 아마 본인은 그런 게 없어서 잘 모르겠단 말을 덧붙였을 거다. 휘는 사장님의 말이, 아니 표정이 가장 인상 깊었다고 했다. 캠핑이 삶의 낙이라는 이야기를 하는데, 그 순간 표정과 목소리가 꼭 다른 사람처럼 밝아졌다는 거다. 그 표정을 한 문장으로 표현하자면 '명확한 행복' 이었다고. 어쩌면 짧은 순간 시공간을 넘어 캠핑장에 잠깐 갔다 온 걸지도 몰랐다. 본인이 좋아하는 걸 상기된 표정으로 늘어놓는 사람을 보면 어김없이 내가 아끼는 것들을 떠올리기 마련이다. 그때의 휘는 뭘 떠올렸을까. 요즘의 나는 소소를 떠올린다. 애인을 떠올리고, 함께 글을 쓰는 사람들, 함께 등산하는 사람들을 떠올린다.

내게 있어 행복은 상태 감정에 가깝다. 어떤 조건이 충족되었을 때만 잠깐잠깐 일어나는 것. 그러므로 오래 지속되질 않는다. 밤이 있어야 낮이 찬란하고- 뭐 이런 뻔한 사유처럼, 늘상 행복한 사람은 없다. 비교할 상태가 사라지기 때문에 결코 행복을 지속할 수는 없는 거다. 그 상태가 계속 유지되면 그것보다 더 큰 행복을 추구하기 마련이고, 보통의 인간이라면 더 큰 행복, 더 더 큰 행복, 더 더 더 큰 행복…을 계속 추구할 수밖에 없다.

어제저녁엔 S에게 행복하냐는 질문을 들었다. 느닷없이 전화해서 뜬금없는 소릴 늘어놓다가, 너 행복하니? 묻는 거다. 술이라도 마신 모양이었다. (본인은 아니라고 했지만) 나는 적당히 행복하다고 대꾸했다. 무의식적인 답이었다. 적당한 행복? 행복 앞에 '적당한'이 붙은 건 내가 어떤 지점에서 행복을 타협했음을 뜻하는 거였다. 이게 맞는 건지는 잘 모르겠지만, 타협한 덕분에 요즘엔 가끔이나마 행복하단 소리를 하게 됐다. 그러고 보면 이십 대의 나는 좀 불행했다. 스스로 행복하다고 생각한 적이 없다. 행복하다고 느끼면, 그 즉시 이유 없는 죄책감에 휩싸이곤 하는 것이다. 왠지 그러면 안 될 거 같은 마음이 자꾸만 들었다. 그 괴물 같은 죄책감의 정체는 뭐였을까. 나는 뭐에 집어 삼켜졌던 걸까. 혼자 잠드는 밤엔 가끔 그것에 관해 생각한다.

다시 본론으로 돌아가서, 조만간에 휘와 만나기로 했는데 그때 다시 물어볼 생각이다. 그래서 삶을 계속 살게 하는 원동력은 찾았느냐고.

# 발톱

기분이 가라앉아요. 내가 말하자, 발톱을 자르던 당신은, 그럴 땐 가장 낮은 걸 잘라내야 해. 하고 대꾸한다. 채광창을 한 겹 거치면서 더 면밀해진 빛의 입자들이 마룻바닥에 쏟아진다. 낡은 주전자는 끓는 소릴 내고, 당신에게선 진하게 우린 보리차 냄새가 난다. 꿈속의 우린 어째선지 어릴 적에 딱 한 번 가본 기억이 있는 먼 친척의 집에 앉아 있다. 아마 현관을 열고 나가면, 밤나무가 많이 심어진 산을 마주하게 될지도 몰랐다. 나는 가만히 앉아서 당신이 가장 낮은 걸 잘라내는 모양을 본다. 틱하고 끊어지는 소리가 날 때마다 완만한 곡선으로 자란 발톱이 신문

지 위로 떨어진다. 난 그 꼴을 물끄러미 지켜보면서, 떨어지고 끊어지는 건 좀 속절없다고 생각한다. 어쩌면 내 처지를 과하게 이입했는지도 몰랐다. 나는 당신 앞에선 자주 둥그런 모양을 하니까. 어깨를 둥글게 말고, 또 바보 같은 생각을 하니까. 언제 떨어져 나가도 이상하지 않은 모양새라고 생각한다. 틱, 오래된 신문 위로 초승달 같은 발톱이 떨어진다. 당신의 발가락은 열 개일 텐데, 어째선지 떨어진 발톱은 열 개가 넘었다.

잠에서 깨어난 나는 누운 채로 마른세수를 했다. 당신이 나온 꿈은 썩 오랜만이었다. 반갑잖은 건 아니지만, 그렇다고 썩 좋은 기분도 아니다. "기분이 가라앉아요." 꿈속의 내가 했던 말을 곱씹는다. "그럴 땐 가장 낮은 걸 잘라내야 해." 대답해 줄 당신이 곁에 없기 때문에, 이젠 혼자 묻고 혼자 대답해야 한다. 발톱을 잘라야겠다고 계획하면서 커피를 내린다. 어째선지 주방에선 오래 우린 보리차 냄새가 희미하게 났다. 커피를 마시면서는 당신을 회상한다. 살갗에 배어있는 체취나, 나를 안을 때의 목소리, 침전할 때의 표정, 말랑한 입술, 당신의 이름 뒤로 어김없이 따라붙는 소외감. 그 외로운 장면들.

당신은 나를 자주 방치했지. 과연 한 번도 외로워 본 적 없던 사람처럼 굴었지. 내가 느끼는 외로움은 당신이 이해하지 못할 성질의 어떤 것이라, 당신은 외로워하는 내게 자주 이해할 수 없단 표정을 지어 보였지.

당신이 곁에 없음에도, 당신이 남겨두고 간 외로운 장면들이 끝내 나를 괴롭히는 게 이해가 가질 않는다. 어쩌면 이게 천성이 되어버렸는지도 모르겠단 쓸쓸한 상상을 한다. 요즘에도 나는 문득 외로워진다. 마모돼서 수선할 수 없어진 구석을 가지고 사는 것처럼, 반질반질한 곳을 더듬을 때면 구제하기 힘든 기분이 된다. 어째서 쓸쓸함에 기민한 사람이 되었을까. 왜 그래야만 했을까. 왜 그래야만 하는 걸까. 가끔 골몰한다. 그럴 필요는 없지 않았나? 원망할 대상도 모르고 방향 없는 원망을 하기도 한다.

뜨거운 물을 맞으면서 목덜미나 옆구리를 더듬는다. 어쩌면 연한 살에는 나도 모르는 사이에, 눈에 보이지 않는 상처가 나 있을지도 모른단 상상을 가끔 한다. 내부로부터 살갗을 뚫고 나온 검은 실을 줄줄 끄집어내는 상상. 안에 고여 시커멓게 물든 외로움은 실타래를 닮아서, 풀려고 하면 할수록, 손끝만 검게 물들였다. 그럴 땐 가장 낮은 걸 잘라내야 해. 어디선가 당신의 목소리가 들린다. 물을 잠그고 거울을 닦는다.

꿈속의 나는 무언갈 찾아다니고 있다. 이미 문을 닫은 가게들이 을씨년스럽게 늘어섰다. 꿈속의 나는 내가 뭘 찾고 있는지 모른다. 그게 물건인지, 사람인지, 돈인지, 책인지. 길을 오래 헤매 바람에 잊어버린 지 오래다. 그럼에도 불구하고 찾는 행위를 멈출 순 없다. 멈추는 순간 내가 할 수 있는 게 아무것도 없어진 단 사실을 알기 때문일 거였다. 이 공허한 곳에 목적도 없이 서 있을 순 없다. 그건 죽음보다 더한 쓸쓸함임을 나는 꿈속에서도 알았다. 계속 헤매이기 위해 길을 헤매이는 거다.

# 살림 나누기

봄 같은 낮과 전혀 봄 같지 않은 밤이 계속된다. 봄은 겨울의 혹독함을 묵묵히 인내한 것들이 비로소 싹을 틔우는 계절이라 혹독함, 고독함, 외로움, 추위와는 응당 거리가 멀어야 할 텐데, 요즘 내가 버티는 밤은 꼭 겨울 같다. 겨울의 혹독함이 채 가시질 않는다. 좀 너무한다고 생각한다. 지난겨울엔 봄에도 무언갈 인내하고 참아내야 할 줄은 미처 몰랐으니까. 예상하지 못한 건 늘 나를 당혹스럽게 만든다. 가끔은 어째서 그래야만 하는지 이해할 수가 없다. 계절의 힘은 누구에게나 공평한 걸 텐데, 그럼 지금 내가 느끼는 이런 냉기를 다들 안고 잠든단 말인

가. 인내하고 산다는 건가. 난 의젓한 어른이 아니라서 자꾸만 누군가에게 의탁하고 싶은 건가. 그런 의문만 계속 들었다. 어젠 침대에 꼼짝없이 누워 냉기가 스며드는 벽을 어떻게 해결할 수 있을지 골몰했다. 벽에 뭘 덧대거나 붙이면 그럭저럭 편히 잘 수 있을 것 같기도 했다. 하지만 지금 당장은 뭘 붙일 수도, 말아 넣은 전기장판을 다시 꺼낼 수도 없으니 결국 잠자코 누워 있기로 한다. 같은 자세로 오래 누워있으면 살갗이 닿은 이불에 온기가 베기도 하더라는 S의 말을 떠올린다. 일리가 있는 말이다. 살갗이 이불을, 다시 이불이 살갗을 번갈아 데우는 일련의 과정을 묵묵히 지켜본다. 할 수 있는 거라곤 오직 기다리는 것밖에 없는 사람처럼. 나는 기다리는 일에는 별로 소질이 없다. 그건 S가 잘하는 거였다. 걔는 나보다 차가운 살갗을 가진 몇 안 되는 사람이니까 어쩌면 지금쯤 무언갈 인내하고 있을지도 몰랐다. 어쩌면 그게 나일지도 모르지. 그렇게 생각하기로 한다. 그렇다면 우린 어떤 형태로든 서로를 인내하고 있는 셈이었다.

이십 대 중반쯤 혼자 힘으로 서울에 방을 구하다 보면 어쩔 수 없이 포기해야 하는 것들이 있다. 테라스나 옷방, 거실, 콸콸 쏟아지는 따듯한 물, 조용한 밤… 뭐 그런 거. 개중에는 운 좋게 몇 개의 조건이 충족되는 경우도 있었으나 대체로 몇몇은 포기해야 했다. 나 같은 경우는 난방 운이 별로 없었다. 집을 구하는 족족 바닥만 무식하게 펄펄 끓거나, 건조해서 코피가 나거나, 창문이 지나치게 커서 들어오는 바람을 다 막지 못하거나… 대충 그런 식이었다. 나와 연애를 한 사람들의 처지도 별반 다르지 않았다. 겨울엔 춥고 여름엔 더운 집, 네온사인 불빛 때문에 늘 낮 같던 집, 층간소음이 무시무시하던 집, 심지어는 샤워실만 있고 화장실이 없던 집도 있었다. (이건 지금 생각해도 무슨 조합인지 모르겠다) 사랑은 타이밍이라고, 집 계약 만료일이 비슷한 것도 운명이라면 운명이었다.

이럴 거면 그냥 방을 합치자. 먼저 제안한 건 S였다. 그 무렵 S가 살던 집엔 두 가지 문제가 있었는데, 계약을 연장하기엔 두 번째 문제가 좀 걸렸다. 첫 번째는 물이 콸콸 나오지 않는다는 것, 이건 짜증 나긴 해도 그럭저럭 참고 살만했다. 두 번째는 양옆으로 정신머리 없는 인간들이 산다는 것. 이 문제는 도저히 견디고 살 수가 없었다. S도 나만큼이나 예민하고 날이 선 사람이었으니까. 지금껏 견딘 게 용하다고 생각했다. 어차피 너도 이사할 집 알아봐야 하잖아. 그냥 합쳐서 조금이라도 더 좋은 집에서 살자고. 내겐 그 말이 뭐랄까, 사랑한다고. 우리 기어이 오래 사랑하고 말 거라고. 꼭 그렇게 들렸다.

그 뒤로 한 이주 동안은 퇴근 후 저녁 시간을 온전히 부동산에 들러 좋은 매물을 돌아보는 일에 할애했다. 부동산 중개인은 우리를 신혼부부라고 오해하고 있었는데, S도 나도 굳이 해명하지는 않았다. 오히려 더 신혼부부처럼 보이기 위해 일부러 다정하게 대꾸하기도 했다. 가끔은 자기야 찬장 열어봐, 혹시 부적 같은 거 있나. 그런 농담을 하기도 하면서 나는 정말로 지난달에 결혼한 사람처럼 굴었다.

살림을 합치면서 가장 먼저 한 일은 필요 없어진 가구들을 처분하는 일이었다. 네 침대가 더 작으니까 이걸 빼자. 그런 식이었다. 나중엔 누구의 뭘 버렸는지, 누구의 뭘 가져왔는지 헷갈릴 지경이었다. 어떤 날엔 애초부터 같이 쓰던 물건처럼 느껴지기도 하는 것이다. 침대는 내가 가져온 거였다. 둘이 누우면 딱 맞을 정도라 거의 안고서 자야 했다. 애초에 혼자 쓰려고 산 거였으니까 좁을 수밖에. 그래도 좋았다. 서로의 온기에 기대서 잘 때는 겨울에도 별로 춥질 않았다. 이대로라면 우린 정말 신혼부부가 될지도 모를 일이었다. 출장지에서 밤을 보내야 했던 날, S에게 춥지 않겠냐고 물었다. 혼자 쓰는 메트리스가 넓게 느껴지진 않겠느냐고. S는 잠시 고민하다가, 같은 자세로 오래 누워있으면 살갗이 닿은 이불에 온기가 베기도 하더라. 그런 소릴 했다. 그게 그렇게 서운할 수가 없었다. 그냥 보고 싶다고 말해주면 될 일이었는데, S는 끝내 그렇게 하질 않았다.

합쳤던 살림을 다시 나누는 일은 생각보다 더 고역이었다. 각자 가져온 짐이야 별 이견 없이 나눠가면 될 일일 테지만, 함께 산 가구들이 문제였다. S는 한사코 그것들을 가져가지 않으려고 했다. 나와의 관계를 깨끗이 청산하고 싶다는 일종의 싸인이었다. 그동안 얼마나 많은 것들을 인내하고 있었는지, S의 표정을 통해 알았다. 덕분에 나는 필요 없는 가구를 많이 쌓아 놓고 살게 되었다. 하얀 커튼으로 덮어 놓은 책장을 가끔 들춰보면서 거기 꽂혀있던 S의 책들을 생각한다. 그다음엔 S가 자주 만들던 요리, 좋아하던 블루투스 스피커, 따라 부르던 노래, 아침마다 알람 대신 들리던 드라이기 소리, 그런 것들이 덩달아 떠오른다. 얼떨결에 끄집어내진 생각은 악몽 같아서, 생각하지 않으려 할수록 자꾸만 선명해진다.

출장지에서 밤을 보내는 동안 S가 끌어안았을 이불을 코끝까지 덮고, 살갗의 온기가 이불에 스밀 때까지 잠자코 있기로 해본다. 아직 좀 춥다.

# 요가

더위에 취약하다. 어떤 수식어로 설득할 필요도 없이 명백하게. 나는 더위에 취약한 사람이다. 때문에 매년 여름은 거의 버텨내는 수준으로 보낸다. 써 놓고 생각해 보니 좀 만족스럽다. 그래 여름을 대하는 나의 자세는 버텨낸다는 표현이 딱 정확하다. 더위에 쓰러지지 않기 위해, 무력해지지 않기 위해, 무언갈 포기하지 않기 위해, 애써 마음을 다잡아야 한다. 그럼에도 불구하고 새어나가는 것들은 어쩔 도리가 없지만. 5월부터 9월까진 보통 그렇다. 많은 것들을 포기하면서 보낸다. 오래 계획한 일이나 취미, 종래엔 연애도 쉽게 포기해버리고 마는 것이다.

장마가 있다는 것만 빼면 정말 최악의 계절이라고 볼 수 있겠다. (장마는 최고의 보상이지) 그런 의미에서 여름에 무언갈 새로 시작하는 것은 꽤 이례적인 일이다.

요즘에 취미를 붙인 것은 뜬금없지만 요가다. 이 애길 하면 십중팔구 웃고 마는데, 그럴 수 있다고 생각한다. 나는 요가 하면 딱 떠오르는 고착화된 고정관념과는 많이 동떨어진 사람이니까. 우선 유연하지도, 마르지도 않았다. 요가복을 입고 있는 나를 상상하면…, 스스로도 좀 싫다. 하지만 사람들이 간과한 것이 하나 있다. 나는 정적이고 고요한 걸 삶의 지침처럼 신봉하는 사람이다. 어둡고, 고요하고, 내 안으로 침전하는 것을 즐긴다. 처음 요가를 시작하던 날. 요가를 구태여 수련이라고 부르는 것에는 그럴만한 이유가 있을 거라고 직감했다. 그러니까, 나의 최소한의 어떤 부분들은 요가와 꽤 어울릴지도 모른다고.

처음 요가를 시작해야겠다고 마음을 먹은 건 재이의 열성 때문이었다. 한 일 년 만에 만나 안부를 묻는 내게, "요즘은 요가를 하고 있어." 하는 것이다. 나는 재이가 좀 더 어렸을 무렵, 그러니까 갓 대학에 입학한 신입생 시절부터 알았다. 쭉 무용을 전공한 덕분에 마르고 긴 몸을 가진, 남들과는 다른 각도로 포크를 드는 그 애를 좀 좋아했었다. 재이와 요가는 나란히 붙여 놓으면 원래부터 하나였던 것처럼 아귀가 꽉 물리는 느낌이 든다. 둘 사이에 느껴지는 어떤 이질감도 없이. 거실에 매트를 깔고서 어려운 동작으로 숨을 멈추고 있는 재이를 상상한다. 잠시 그대로 있다가, 들숨과 날숨에 집중한 눈꺼풀이 고요하게 감긴다. 요가를 예찬하는 그 애를 보고 있으면, 아주 오랫동안 요가를 해왔던 것처럼 느껴지기도 하는 것이다. "시작한 건 얼마 안 됐어." 재이는 그렇게 말하면서도 한 치의 의심 없이 "여티도 한번 해 봐." 했다. 그 애의 말속엔 어떤 확신이 수반되어 있었다. 그만두지 않고 계속할 거라는 확신과 나 역시 그렇게 되고 말 거라는 확신. 요가가 어떤 영역에 접어들기 위한 일종의 수련일 수 있다면, 그 애는 이미 그 영역을 어렴풋이 엿본 사람 같았다. 실은 예전에도 요가 수련을 추천받은 적이 있다. 봉은사에서 명상 수련을 설파하는 한 스님으로부터였다. 언제더라 작년 여름인가. 압구정 한적한 카페에서 미팅을 하던 중이었다. 두 시간 정도 대화를 하다가 느닷없이, "성정을 보아하니 요가가 잘 맞을 것 같네요. 한 번 해보시는 거 어때요?" 하는 거다.

탈무드에서 가장 좋아하는 이야기를 꼽자면 단연 당나귀 이야기다. '누군가 당신을 당나귀라고 부르면 욕을 해라. 또 다른 사람이 당신을 당나귀라고 부르면 뺨을 치고, 그럼에도 또 다른 사람이 당신을 당나귀라고 부르면 그땐 안장을 준비하는 편이 낫다.' 대충 이런 이야기다. 그새 자란 재이의 머리칼을 물끄러미 보다가, 그래 요가를 시작해야겠다. 싶었다.

앞서 얘기한 것처럼 여름의 나는 특히 더 인내심이 부족해서, 무언갈 시작하긴커녕 포기하기 일쑤였다. 돈이나 시간을 낭비하기 전에 미리 체험해볼 필요가 있다고 느꼈다. 대부분의 취미는 독학으로 익혔으므로, 요가도 어느 정도는 가능할 거라고 믿었다. 우선 편한 옷과 홈 트레이닝 매트를 꺼냈다. 그것만으로도 어쩐지 시작한 기분이 들어서 뿌듯했다. 곧 요가 고수가 될 것 같달까. 머릿속으론 이미 방콕의 리조트에 가서 조식을 먹고 오전 요가를 때린다. 현실은 유튜브를 뒤적거리고 있었지만.

몇 개의 채널을 구독하고 영상을 돌려보기 시작한다. 그러면서 벌써 한 가지 중요한 포인트를 배운다. 요가는 단순히 동작을 따라 하는 게 아니라 올바른 호흡이 수반되어야 한다. 설명을 들으면서 하는 편이 효과적이었으므로, 외국 유튜버들은 일단 제외하기로 한다. 몇 개의 후보 중에 한 채널을 선택한다. 일단 텐션이 마음에 들었고, 한 달 챌린지라는 재생 목록이 특히 마음에 들었다.

한 달간 이걸 무사히 수료하고 나면, 그럼에도 흥미가 떨어지지 않는다면, 요가원에 등록하기로 다짐한다.

요가를 시작한 지 벌써 이 주가 지났다. 무언갈 생각할 필요 없이 수동적인 자세로 임하는 게 아주 마음에 든다. 고요하고 점잖다. 어쩐지 감각들이 예민해지는 탓에 바람이 가진 결이나 젖은 잎사귀의 냄새가 느껴진다. 더 유연해지고 싶다. 더 고요해지고 싶고, 더 침전하고 싶다. 무언갈 잘하고 싶다는 욕망이 생긴 건 정말 오랜만이다. 언젠가 조금 더 요가에 빠지게 되는 날이 온다면, 방콕이든 인도든 수련을 명목으로 훌쩍 떠날 수도 있을 것이다.

# Love do

'인간은 무엇으로 사는가?' 라는 명제는 거시적 시점에선 답하기 어렵다. 현시점의 인류는 개개인의 개성이 뚜렷하며, 가치관과 목적, 도착점이 모두 다르다. 자아를 인지하고 스스로 실존함을 깨달을 수 있다. 그렇다면 시점을 고쳐야 한다. 그런 식의 질문은 개인에게 국한되어야 한다. '나는 무엇으로 사는가?' 대답은 모두 다를 것이다. 정답이 있을 수 없는 문제다. 대답보다는 대답을 향해 가는 과정이 중요한 것. 완성될 수 없단 사실을 알면서 완성을 향해 달려가는 것. 어쩌면 이것이 삶의 모든 것일지도 몰랐다. 그러므로 '무엇' 은 타의로 인해 결정지어질 수 없다. 결정지어져서는 안 되는 것이다. 타의로 정해진 '무엇'을 가지고 산다면, 완성을 향해 달려가는 것 자체가 모조리 무의미한 일로 치부될 수도 있었다. 그렇다면, '나는 무엇으로 사는가'라는 명제는 성립할 수가 없다.

'나는 무엇으로 사는가?'라는 질문에는 늘 답이 정해져 있었다. 그것 외에 다른 답은 생각해본 적 없었으므로, 의심할 필요도, 그럴 여지도 없었다. 나를 살게 하는 것은 크게 두 가지로, 하나는 글이고, 다른 하나는 사랑이었다. 사랑은 자주 글이 되고, 글은 자주 사랑이 되었으므로, 그 둘만 있으면 나는 계속 인간으로서 삶을 지속하고 영위할 수 있을 것 같았다.

30대로 접어들면서 가장 황망했던 일을 꼽자면, 단연코 사랑의 증발이라고 적어야 했다. 그것은 한여름 아스팔트 위에 뿌려진 물이 증발하듯이, 손쓸 겨를 없이 일어났다.

20대의 나는 사랑하기 위해 살았다. 사랑하는 사람이 사랑하는 것을 사랑하고, 사랑하는 사람이 증오하는 것을 증오하면서, 삶을 온통 그쪽으로 기대었다. 그때 나의 세상은 온통 애인을 중심으로 돌아갔다. 사랑과 질투, 원망, 서운함, 애정과 관심을 태워 공전을 위한 동력으로 삼았다. 조금 더 매력 있는 사람으로 보이기 위해 애인이 좋아하는 것을 배우고, 몸에 익혔다.

당시에 유행하는 노래는 모조리 불러보고, 상업영화부터 예술영화까지 보지 않은 것이 없을 정도였다. 애인의 숨통을 조이는 문장을 적기 위해 밤을 지새운 적도 많았다. 그리곤 그것들을 모조리 받아 적었다. 나의 생을 까만 글자로 박제해서 어딘가에 꽂아두고 싶었다. 헌데, 그런 열정이, 사랑이, 열망이, 욕망과 시기, 질투가 한순간에 사라진 것이다.

계기랄 게 있긴 있었다. 윤이다. 실은 것보다 훨씬 많은 문제들이 유기적으로 겹겹이 층을 이루고 있었지만, 어쨌든 간에 윤이 방아쇠를 당긴 것은 부정할 수 없는 사실이었다. 나는 윤과 헤어진 후에야 세상을 좀 있는 그대로 바라볼 수 있게 되었다. 세상은 너무 행복하거나 너무 불행한 곳이 아니라고. 인간이 있든, 없든 달은 뜨고, 무심하게 밤을 빛낼 거라고. 세상은, 자연은 달빛 같은 거라고. 정을 주거나 원망하는 일은 당신을 공허하게 만들 뿐이라고. 윤은 말없이 말했다.

그 뒤론 삶에 사랑이랄 게 없었다. 누굴 만나도 예전 같은 열망과 사랑, 질투, 서운함은 돌아오질 않았다. 그 자리는 공허함이 채우게 되었는데, 이건 내가 가지고 있던 삶의 회의와 죽이 잘 맞는 거였다. 한순간에 나를 살게 하던 두 기둥 중에 한 개가 부서졌다. 나는 가끔 원인불명의 마른기침을 하게 되었다.

그러므로 나는 계속 살기 위해 글쓰기에 몰두할 수밖에 없었다. 이제 내게 남은 것이라곤 그거 하나뿐이었으므로, 자연스레 그렇게 되었다. 좋은 글을 많이 적기 위해선 그만큼 많은 거리가 필요했다. 나는 나의 과거를 모조리 끌어다 쓰고, 그걸 한번 가공해서 다시 쓴 뒤에야 허구의 이야기를 지어내는 방법을 배웠다. 무언가를 창조할 힘을 갖게 된 거다.

창조의 근간은 상상에 있다. 상상이라는 건, 어차피 내 머릿속에서 조립될 수 있는 것들의 조합이었으므로 그 한계치가 명백했다. 더 멋진 것을 창조하기 위해선 우선 많이 알아야 했다. 뭐든지 기록하고, 기억하고, 머릿속에 집어넣을수록 나는 더 그럴듯한 세계를 빚어낼 수 있었다. 그러므로 메모장은 내가 가진 열망의 질량만큼 공평하게 쌓였다. 다 소화해내지 못할 만큼의 글자가 쌓이면 그건 그것 자체로 가치를 갖게 될 거라고 믿었다. 실제로 그렇기도 했고. 무작정 적어 남기는 삶이 계속되었다. 그럼에도 사랑이 담당하던 삶의 한 축은 자립할 수 없는 어떤 부분이 실존하는 것처럼, 가끔 나를 무자비하게 무너뜨렸다. 무너진 곳으로 떨어진 글자는 그 자체로 글이 되기도 했다. 그런 날엔 폐허를 닮은 글자를 아주 많이 알게 되었다.

그런 연유로 글을 쓰기 위해 메모장을 뒤적거리다 보면, 언제 기록한 건지 알 수 없는 생경한 글자들이 별안간에 튀어나오기도 했다. 오늘 발견한 메모도 마찬가지였다.

'lo vedo' - 그를 보다.(이탈리아어)

어쩌다 이 메모를 적게 된 건지, 이 글자는 언제, 어디서, 어떻게 발견한 건지 도통 생각이 나질 않았다. 다만, 저 글자를 'Love do'로 오독했던 것만은 또렷하게 기억에 남아있다. Love do. 누군가를 사랑하고 싶어진 지금, 이 메모를 발견하게 된 것도 일종의 운명일 수 있을까. 나는 언젠가 잃어버린 삶의 한 축을 마침내 다시 찾게 된 걸까. 삶이란 언제나 그렇듯이, 질문에 대한 답변보다는, 그것을 향해 달려가는 행위로부터 의미가 파생되는 걸까. 어느 것에도 명쾌히 답을 내릴 수 없는 저녁이다.

# 하늘휴게소

B의 취미는 드라이브였다. 일상이 따분해지면 언제고 차를 타고 훌쩍 떠나곤 하는 것이다. 목적지는 거의 시흥 하늘 휴게소로, 매번 같았다. 멀리 나가진 않는다. 집에서 출발하면 차를 타고 십오 분만에 도달할 수 있는 곳. 갈증을 달래기엔 그 정도면 딱 좋다고 했다.

딱 좋다는 말에 관해 생각한다. 그 말이 가진 점성과 밀도에 관해. 내게 딱 좋다는 말은 어딘가 좀 어렵다. 딱 맞을 만큼의 뭔가를 느껴본 적이 없기 때문일 거라고 짐작한다. 살다 보니 모 아니면 도, 중간이 없는 일이 잦았다. 잘 모르는 것을 서술할 땐 조심스러워진다. B는 다시 고개를 끄덕이면서, "아무렴, 딱 좋지." 했다. B가 그런 소릴 연거푸 할 수 있는 게, 갈증을 완벽하게 이해하고 있어선지, 그냥 현실과 타협했기 때문인지. 헷갈렸다.

누군가는 떠나고 싶은 기분이 들면 공항에 간다던데, B에겐 휴게소가 꼭 그런 장소인 모양이었다. 휴게소의 전경을 상상한다. 주차된 차들과 몇 대의 관광버스, 들뜬 사람들과 주유소…, 특히 휴게소에서만 먹을 수 있는 먹거리 같은 거. 이십 대 후반, 자주 출장을 다니던 시절이 있었다. 한 번 지방에 내려가면, 내려가는 김에 여행 삼아 주변 도시 몇 개를 경유하고 오던 때. 한 곳에 정박하지 못하고 호숫가 나무두치처럼 하염없이 떠다니던 때가, 내게도 있었다. 몇백 킬로미터의 장거리 운전을 하다 보면 필연적으로 휴게소에 들를 수밖에 없다. 화장실도 가야 하고, 기름도 넣어야 한다. 허기도 달래줘야 하고, 피곤할 땐 좀 쉬어야 한다. 그 특유의 분위기를 좋아한다. 거쳐 가는 곳이기 때문에 책임감이나 무언갈 반드시 해야 한다는 강박도 없다. 좀 어슬렁대다가 달달한 냄새에 끌려 충동적으로 소떡소떡 같은 걸 사 먹기도 하는 것이다. 내게 있어 휴게소는 그런 곳이었다. 가볍게 들렀다가 미련 없이 떠날 수 있는 곳. 목적지를 목전에 두고 '이제 거의 다 왔다!' 같은 느낌을 만끽할 수 있는. 이건 도달한 것과는 또 다른 만족감이다.

언젠가 시흥 하늘 휴게소에 들른 적이 있다. 졸음도 쫓을 겸, 커피도 한잔할 겸 해서 가본 거였다. 첫인상은 좀 신기했다. 도심지처럼 프렌차이즈를 비롯한 다양한 식음료점이 밀집되어 있어서였다. 휴게소라기보단 쇼핑센터나 번화가에 더 가까운 모습이라고 생각했다. 던킨 도넛에서 글레이즈드 몇 개와 커피를 사 들고 이리저리 기웃거리기 시작했다. 기대하지 않은 곳에서 멋진 풍경을 맞닥뜨리면, 으레 그렇게 된다. 시흥 하늘 휴게소는 상행선과 하행선의 가운데에 위치하고 있었는데, 그 덕분에 3층 식당가에서 내려다보면 거대한 물살 한가운데에 떠 있는 기분이 되기도 했다. 꼭 섬 같이.

그래, 나는 여기가 좀 외로운 곳이라고 생각했다.

B는 혼자 시간을 보내는 것에 익숙한 사람이었다. 그것도 꽤 잘. 사색을 즐길 줄 아는 사람은 대부분 밀도가 높다. 꽉 차서 좀처럼 파고들 틈이 없다고 느낀다. B와 하늘 휴게소, 그러니까 도로 위의 섬을 나란히 놓고 썩 잘 어울린다고 생각한다. 그녀의 행색을 보면서 충분히 온전하다는 인상을 받는다.

그러므로 B가 본인의 갈증을 명백히 이해하고 있음을 인정하기로 한다. 그녀가 느끼는 갈증은 섬으로 회귀함으로써 달래질 수 있는 종류의 것이다. 타인의 갈증을 상상하다 보면, 종래엔 결국 내가 가진 허기와 갈증에 가닿게 된다. 뭐랄까, 나의 쓸모에 관한 것이다. 나는 내가 쓸모없다고 느낀다. 내가 존재할 만한 가치가 있단 걸 증명하고 싶은 욕망에 자주 휩싸인다. B는 평온한 표정을 하고 있다. 그런 얼굴을 하고 있는 사람을 보면 본인의 쓸모를 찾은 것인지, 신경 쓰지 않는 것인지 묻고 싶어진다.

내비게이션을 켜고 시흥 하늘 휴게소를 검색한다. 작업실로부터 30분. B는 이 정도 시간을 할애한대도 딱 좋다고 말할까. 시동을 걸고 고속도로에 오르면서 생각한다. 휴게소는 들르는 곳일 텐데, 분명 그러기 위해 있는 걸 텐데, 누군가에겐 목적지가 될 수도 있단 사실이 아직도 조금 멍했다. 휴게소도 일종의 목적지가 될 수 있다면, 꼭 끝까지 도달하지 않아도 괜찮은 거라면, 덕평휴게소나 홍성휴게소, 정안휴게소에서 체류할 만큼 체류하다가 그냥 집으로 돌아가도 괜찮은 거라면, 정말 그럴 수 있다면. 내 삶도 좀 괜찮아질 수 있지 않을까. 싶었다.

# 돌아갈 곳

컨디션이 별로다. 역시 지난주엔 조금 무리했던 건가. 그런 생각을 한다.

지난 일요일 나는 북한산 정상 언저리에서 바위를 오르고 있었다. 쇠줄로 엮인 로프가 바위를 따라 정상까지 길게 이어졌다. 밟을 수 있는 면적이 넓지 않은 바람에 올라가는 길과 내려가는 길의 구분은 없다. 로프를 잡은 손에 힘을 주면서, 하산자와 맞닥뜨리기라도 하면 좀 곤란할지도 모르겠단 생각을 잠깐 한다. 하지만 여기까지 온 이상 올라가는 수밖에 없다. 그냥 돌아가기엔 지나온 길이 너무 아깝다. 얼마 남지 않은 정상을 힐 끗 본다. 쉽게 체념하는 성격이지만, 장갑만 잘 끼고 있다면 영 불가능한 코스도 아니라서 끝까지 올라가 보기로 마음먹는다. 산을 오르면서 흘린 땀이 차갑게 식는다. 산 정상엔 계절과는 상관없이 늘 찬 바람이 분다. 정상까진 200m 남짓. 가끔 위를 보거나, 지나온 길을 보거나, 언제인지 모를 날을 그리워하기 도 하면서 다음 바위로 몸을 던진다.

내겐 돌아갈 곳이랄까, 고향의 개념이 잘 없다. 어려서부터 동생들과 덩그러니 살았었기도 했고, 워낙에 이사를 자주 다 녔기 때문에 정 붙일만한 집이 없었다. 어린 나이에 뿌리를 내 릴 적당한 터전을 갖질 못했으니, 인생이 온통 흔들릴 수밖에 없는 것이다. 적당히 뿌리내리고 살만한 곳을 찾는 것, 소속감 이나 유대감을 중요하게 생각하는 성정은 이런 성장요인에서 기인한다.

나는 가장이고, 부모고, 오빠고, 형이고, 집이고, 터전이기를 강요받았는데- 집에겐 돌아갈 집이 없는 게 당연한 거였다. 집 의 역할은 가만히 그 자리에 존재하는 것이니까. 언제든 돌아 와 쉴 수 있는 공간이 되어 주는 것이니까. 동생들에게 나는 돌 아갈 곳이 될 수 있겠지만, 나는 좀체 내게 돌아갈 수가 없는 것 이다. 돌아갈 곳이라는 말이 자꾸만 마음에 얹힌다. 가만 생각하면, 지내던 곳과 지내는 곳, 그리운 곳 정도는 쉽게 떠올릴 수 있겠으나, 그 이상의 향수를 불러일으키는 곳은 영 없다. 그리운 곳과 돌아갈 곳의 차이를 생각한다. 그리워하는 건 얼마든지 허락되지만, 돌아가는 건 그렇지 못하다. 이건 쓸쓸한 일이다.

어딘가로 돌아가고 싶다. 따뜻한 품에 안겨 오래 눈 감고 싶다. 정상을 밟자마자 가장 먼저 한 생각이었다. 산을 타다 말고 느닷없이 왜 이런 생각을 했느냐고 물으면, 발아래로 수십만 개의 공간이 부유하고 있었기 때문이라고 답하겠다. 저 많은 공간 중에 내가 돌아갈 곳이랄 게 하나쯤 있어도 괜찮지 않았나?

산 위에서 내려다보면 도시의 모양을 알게 된다. 가장 먼저 보이는 건 도시를 가로지르는 강이나 도로, 랜드마크라고 부를 법한 커다란 건물들이다. (63빌딩과 남산타워, 가산디지털단지는 거의 일직선상에 놓여있구나, 그런 소릴 중얼거리기도 한다) 그다음엔 아파트의 군집, 그다음엔 작은 건물들의 군집⋯⋯. 그러고 나면 자연스레 머릿속에 입력된 지도를 바탕으로 저쯤은 마포구, 은평구, 관악구겠거니 하고 판단하게 되는 것이다. 그 일련의 과정을 일괄적으로 통과하고 나서야 그리운 사람이 사는 동네와 자주 걷던 거리를 찾는다. 어쩌면 그 사람도 지금쯤 나를 생각하고 있을까. 그럴 리는 없겠지만, 어쩌면 그럴 수도 있을 거라고 기대한다. 가령 3시 33분이나 4시

44분, 5시 55분을 가리키는 시계를 우연히 발견했을 때 내가 그 사람을 생각하는 것처럼, 그 사람도 나를 떠올릴 수 있는 것이다. 어쩌면.

내게도 그리운 곳이랄 게 있긴 있었다. (역시 돌아갈 곳은 아니지만,) 윤이다. 어쩌면 내게도 있었을, 한때는 허락되었던- 그 애와 약속한 미래들이다. 그 애와 함께라면 나는 가족을 이루고 함께 살 수도 있을 거라고 믿었다. 동화처럼, 오래오래 행복하게. 그렇다면 내게도 돌아갈 곳이 생기는 건가. 그런 희망에 젖어 살던 날도 있었지.

한참 결혼 얘기가 나올 무렵 윤의 아버지는 가평에 별장을 지었다. 마무리 공사를 할 쯤엔 한 달에 한, 두 번씩 가평에 올라가기도 했다. 그러다 시간이 맞으면 가족들과 함께 넘어가 하루 이틀씩 보내기도 하는 것이다. 윤의 말에 따르면 조그맣게 마당도 만들고, 식물도 심어서 꽤 지낼만한 곳이라고 했다. 언젠가 같이 오게 되는 날도 있겠지? 윤은 자주 물었다. 그 애는 무책임하달까, 쉽게 미래에 관해 이야기했다. 같이, 함께- 그런 불명확한 약속들을 기약도 없이. 근데 나는 그런 게 좋았다. 잠든 윤의 숨소리를 가만히 듣고 있으면, 같이 하기로 한 많은 것들이 자꾸만 영화처럼 눈앞에 펼쳐졌다. 그런 날엔 불현듯 내가 돌아갈 곳을 착실히 만들고 있다는 착각에 빠지기도 하는 것이다.

몸이 아픈 날엔 가끔 그런 걸 생각한다. 결국에 돌아가게 될 곳. 떠올리는 것만으로도 마음이 편안해지는 장소를 나도 언젠가는 갖게 될까. 가질 수 있을까. 그리워만 하다가 끝나게 되는 건 아닐까. 이 글을 다 읽는 동안 별다른 장소가 떠오르지 않은 당신에게도 위로의 말을 건네고 싶다.

ㄱ

우리 사랑은 아닌 거겠지. 내가 물었다. 아니 대답을 원하지
않았으니 그것은 질문이 아니었는지도 몰랐다. 사실은 응이라
는 말도 아니라는 말도 모두 슬플 것 같았다. 글이나 괴로움이
나 어차피 다 ㄱ으로 시작한다. 또 뭐가 있을까? ㄱ으로 시작해
서 날 살게 하는 거. 예컨대 네 이름 같은.

# 2

나를 이루는 글자들,
삶의 형태

# 글자보다 아름다운 것도

온통 스쳐 가는 것들 틈에서 나는 자꾸만 희미해지고, 누군가는 내게 글자보다 아름다운 것도 얼마든지 있다고 전하려는 것만 같다.

# 나를 이루는 글자

살면서 괜히 반복적으로 듣게 되는 질문들이 있다. 뭐랄까, 어떻게든 화두를 꿰어내기 위해 마구잡이로 던지는 미끼 같은 질문들. 질문을 들은 사람은 미끼인 줄 알면서도 기꺼운 마음으로 그걸 문다. 두 사람이 같은 공간의 고요를 공평히 감당해 내는 일은 좀처럼 익숙해지지 않으니까. 그런 질문이라도 감사히 받기로 한다. 최근에 들은 질문은 보통 작가라는 직업과 소소, 코로나에 관한 것에서 크게 벗어나질 않는다. 어쩔 수 없는 일이다. 나의 삶은 단조롭고, 사람들은 단조로운 내 삶 중에서도 아주 작은 면으로만 나를 판단하니까. '다음 책은 언제 나와요?'로 시작해서, '보더콜리는 체력이 엄청나다던데, 어때요?'를 지나, '코로나가 빨리 끝나야 할 텐데요. 내년엔 백신이 나올까요?'로 끝나는 질문을 마주하면, 나는 꼭 태어나서 한 번도 이런 질문을 접해 본 적 없는 사람인 체 신중하게 군다. 적당히 상투적인 말을 늘어놓으면서 고요를 천천히 목 졸라 죽인다. 내가 미끼인 줄 알고 질문을 덥썩 문 것처럼, 내가 이미 이 질문에 대한 답변을 수없이 했음을 상대도 알 것이다. 이 영양가 없는 문답의 목적은 애초에 화두를 탐색하기 위함이었으므로, 얼마나 진실되게 묻고 답하는지는 별로 중요하질 않다.

아, 타인과 나란히 이 고요를 나눠 가지는 건 아무리 생각해도 고역이다.

그런 연유로, 나는 위 같은 질문보다는 차라리 혈액형이 뭐예요? 고향은 어디에요? 좋아하는 영화는 뭐예요? 좋아하는 색깔은요? 같은 질문이 훨씬 낫다고 여긴다. 누군가는 성의가 덜하다고 느낄지도 모르겠지만, 화두를 꿰차는 데는 이쪽이 훨씬 가성비가 좋다. 어쩌다 공통점이라도 하나 발견하면, 족히 삼십 분은 떠들 만큼의 화제를 단번에 건질 수도 있었다.

아, 저는 B형입니다. 근데 약간 소심한 면도 있어요. 다혈질인 건 맞는데……. 사일런스요? 저도 그 영화 좋아해요. 원작 소설도 좋아했거든요. 기독교인이 아니라도 궁금해 할만한 질문을 던지잖아요. '신은 왜 응답하지 않는가?' 정말 매력적인 주제라고 생각했어요. 그래도 소설이 더 좋았지만요. 엔도 슈사쿠의 '침묵'이란 소설이에요. 엔도 슈사쿠는 프랑스에서 가톨릭 문학을 전공했어요. 로마 교황청으로부터 기사 작위도 받은 사람이고요. 그러니까, 대충 이 소설의 깊이가 어떨지는 가늠이 되시죠? (이미 이 지점에서 고요는 거의 사장된다)색이요? 저는 검은색을 좋아했었는데……. 아, 엄연히 따지자면, 검은색은 개별의 색이라기보단 낮은 명도의 무채색이지만요. 뭐 아무튼……. 요즘엔 녹색을 좋아해요. 진한 녹색이요.

그리곤, 내가 지난한 이십 대의 계절을 무수히 통과하는 과정에서 얼마나 풀과 나무를 좋아하게 되었는지, 봄마다 태동하는 싹의 생명력은 또 어떤지, 볕을 쬐는 나뭇잎의 윗면과 아랫면이 어떤 형태로 빛이 나는지에 관해 떠든다. 실은 이상처럼 자연보다 콘크리트를 사랑했던 적도 있었노라고. 아마 검은색을 좋아할 무렵이었을 거라고. 느닷없는 고백을 하기도 하는 것이다. 그러다 종래엔 세상 모든 초록빛을 띤 것들을 테이블 위로 쏟아내 마침내 고요의 무덤으로 삼는다.

초록색을 좋아한단 소리를 한 날이면 어김없이, 세상에 이렇게 초록색이 많았나? 새삼스런 상념에 빠지게 된다. 그동안 잘 보이지 않던 온갖 초록색의 것들이 인지의 영역으로 우르르, 쏟아지고 만다. 컬러 배스 효과*다.

  * 한 가지 색에 집중하면, 해당 색을 가진 사물들이 유난히 눈에 드는 현상.

컬러 배스 효과는 비단 색상에만 국한되지 않는다. 오감은 물론이고, 특정 글자에도 쉽게 작용하고 만다. 예컨대 이름 같은.

그 애의 본명이 주희란 걸 알았을 때, 주의라는 글자를 보고 기어코 그 애의 이름을 연상하고야 말았을 때. 나는 무언갈 주의하라는 표지판이, 경고문과 페인팅 된 글자들이, 그 애를 떠오르게 만드는 것들이 그렇게 많단 사실을 실감해야 했다. 나는 이제 과속 방지턱을 넘을 때나 무단횡단 보행자 주의 도로를 지날 때면 나도 모르는 새에 그 애를 생각한다. 세상에 주의해야 할 모든 것들이, 자꾸만 조심스러운 속도로 주희에게 귀결되려 했다.

주희는 내게 "얼만큼 사랑해?" 라는 질문을 자주 했었지. 좀 더 그럴듯한 대답을 찾아내기 위해 애쓰던 날들이 그 애의 이름 뒤로 그림자처럼 따라붙는다.

내 이름도 누군가에게 귀결되는 한 점일 수 있을까. 눈에 밟

히는 어떤 글자들이 흘러들어, 어딘가에 나도 모르는 나를 빚어내고 있을까. 그런 생각이 드는 밤이면, 나를 이루는 글자들의 모양이 좀 궁금해진다. 언젠가 그 글자들의 모양을 알 수 있을까? 그렇다면 나에 관해 물어오는 질문에 더 그럴듯한 대답을 내놓을 수도 있을 텐데.

# 그 애는 봄의 싹 같다

영을 생각한다. 요즘엔 통 그 애를 떠올리는 시간이 줄었다는 생각. 목소리는 어땠더라, 체온은 어땠지, 그래 걔는 이런 걸 좋아했었지. 뭐 그런. 육체는 물리적으로 늙고, 정신은 자꾸만 무언갈 잊어버린다. 잊어버리는 건지, 잃어버리는 건지, 뭐가 됐든 늙는 것보다 치명적이라고 생각한다. 인간이 인간으로 존재하기 위해서는 끝내 놓지 말아야 할 무언가가 필요한 법이니까. 보통 그런 건 정신에 있기 마련이고, 잃어버리면 종래엔 결국 나는 온전히 인간일 수 없을 테니까. 소멸에 관한 본능적 두려움이다. 요즘의 나는 매일 살아 있는데도 자꾸만 과거의 나를 잊어버린다. 사랑이란 관념적 개념과 함께 응당 떠올라야 할 누군가들도 잃어버렸다. 사랑. 잊어버렸기 때문에 다시는 영영 할 수 없을지도 모르겠단 예감을 한다. 그럼 앞으로의 삶에 사랑은 존재하질 않는 건가. 앞날에 대한 기억이 없으니 이 또한 확신할 순 없겠다. 삶은 늘 그렇지. 알 수 없는 것투성이야. 모호하게 남은 사랑의 흔적을 매일 더듬는다. 언젠가 따스했던 온기가 재만 남아 손끝을 검게 물들인다. 이번엔 존재의 의의에 관해 골몰한다. 누구도 기억하지 못하는 것도 과연 존재했었다고 말할 수 있을까. 누구도 기억하지 못하므로, 존재했었다고 말할 사람도 없을 것이다. 눈앞에 실존하지 않는 존재란 결국 기억 속에서만 사는 걸 텐데, 그렇다면 과거의 나를 다 잃어버린 뒤의 나는 어떻게 되는 걸까. 존재와 사랑은 순간의 번쩍임이 아니라 지속성을 가져야 한다고 믿는다. 궤적을 남기지 못하는 삶이라고 생각하면, 조금 가엽게 느껴진다.

존재란 결국 기억 속에서만 존재하는 걸지도 몰랐다. 매일 만나는 사람들도 결국엔 어제의 나, 오늘의 나, 한 시간 전의 나를 기억할 뿐이니까. 나는 사람들의 기억 속에서 다양한 모습을 하고 산다. 어느 날엔 나도 잘 모르는 내가 여기저기서 회자되기도 했다. 누군가는 수백 가지 면 중에 한 면만 보고도 쉽게 나를 속단했다. 또 누군가는 열댓 가지 면만 보고 나를 속단할 수도 있었다. 그들은 나의 일부만 보고 있지만 그렇다고 해서 내가 그들에게 존재하지 않는 인간일 수는 없다. 일단 기억되는 순간 나는 그들의 삶에 존재하게 된다. 영영 잊어버리지 않는 한 어떤 형태로든 계속 존재하게 되는 셈이다. 이런 의미에서 존재의 가치는 타인에 의해 결정되기도 한다. 사실은 자주 그렇지. 누군가에게 의미 있을수록 내 삶이 살만한 것이 된다는 건 나를 쉽게 살지 못하게 한다. 인간은 입체적이고, 다중적이며, 주변 환경에 의해 쉽게 변동하는 성질을 가졌기 때문에 보통의 경우 오독하기 마련이다. 존재의 가치가 타인에 의해 결정될 수 있다고 가정하자면, 보여지는 것에 좀 더 신경을 쓸 필요도 있겠다. 인간은 보통 이해하기 어려운 것보다, 직관적이고 받아들이기 쉬운 것을 선호하니까. 나의 존재 자체를 보고 판단하는 수고로움보다, 누군가 쉽게 판단해 놓은 말을 통해 나의 존재를 이해하는 편이 훨씬 간편할 테니까. 복잡하고 다중적이던 존재가 짧은 한 문장으로 정형화되면서 읽기 쉬운 글처럼 납작한 형태가 된다. 이를테면, 아 걔? 밝어. 시원시원하고. 좀 자유롭게 살아. 별 고민을 안 하는 것 같기도 하고. 같은. 나면서 동시에 내가 아닌 것들이 범람한다.

그러므로 나는 영을 자주 생각해야만 했다. 그 애가 존재하기 위해선 누군가 계속 기억해야 했는데, 그 애를 기억할만한 사람. 내가 알기론 별로 없다. 더 잃어버리기 전에 최대한 많이 남겨놔야겠다고 다짐한다. 오독하기 쉬운 납작한 형태로는 곤란하니까, 좀 다양하게 적을 필요가 있다. 그 애는 봄의 싹 같다. 볕을 쬐는 부분은 밝게, 아랫부분은 어둡게 빛난다. 그 애는 양양의 파도 같다. 밀려오는 부분은 파랗게, 부서지는 부분은 하얗게 빛난다. 그 애는, 그 애는, 그 애는…… 양면적인 형태의 모든 게 그 애를 함의한다.

# 어떤 상처

면 요리를 좋아한다. 어릴 땐 지금보다 더 가난하게 살아서 모든 끼니에 가성비를 따져야만 했는데, 그 시절 꼬마가 해먹을 수 있는 가성비 좋은 음식이라고는 결국엔 라면 아니면 간장으로 국물을 낸 수제비뿐이었다. 수제비를 먹기 위해선 먼저 가스가 들어와야 하고, 수도가 나와야 한다. 간장도 있어야 하고.. 대신에 그런 소기의 조건들만 갖춰져 있으면 꽤 배부르게 끼니를 때울 수 있었다. 마음이 가난해지는 날이면 하나에 천삼백 원 하던 밀가루 小 포대를 사기 위해 고군분투하던 날들을 떠올린다. 어떤 날엔 돈 나올 구석이 도무지 없어서 버스 정류

장에 나가 버스비 명목으로 동전을 구걸하기도 했었다. 밀가루 한 포대를 잘 반죽해서 숙성시키면 동생과 내가 이틀은 먹을 정도의 반죽이 나왔다. 근데 이거 보통 번거로운 일이 아니다. 그런 연유로 라면을 더 자주 먹었다. 먹을 수밖에 없었다. 신라면, 진라면, 안성탕면, 삼양라면, 스낵면, 너구리, 오징어짬뽕... (비빔면과 짜파게티는 정말 좋아하지만 자주 먹진 않았다. 국물이 없어서 그만큼 가성비가 떨어졌기 때문이다) 라면을 하도 많이 먹는 바람에 종래엔 라면 소믈리에라고 불려도 좋을 만큼 라면의 맛을 잘 알게 되었다. 요즘 말로 하자면 라.잘.알. 그렇게 몇 년간 급식을 제외한 모든 끼니를 라면으로 해결했으니 필시 질릴 법도 한데, 이 라면의 세계란 게 요망해서 질릴 만하면 꼭 새로운 라면이 계속 출시되는 거다. 뭐 칼국수도 나오고 카레면도 나오고 미역국면도 나오고.. 그렇게 새로운 라면을 계속 찾아 먹고, 일본 라멘도 먹고, 비빔면, 짜파게티, 짜장면, 파스타.. 동종의 것들을 계속 찾아 먹다 보니 결국 이런(?) 어른이 되었다. 지금의 나는 면 없이 살 수 없는 몸이 되었다. 혈중 면 농도가 5% 아래로 떨어지면, 죽을 수도 있다. (?) 어떻게 보면, 불우했던 어린 시절이 나의 음식 취향에 많은 부분 영향을 미치고 있는 거다. 물론 어릴 때 라면을 자주 안 먹었어도 결국 면으로 귀결됐을 테지만.. 삼십 년을 넘게 살다 보니 시기별로 선호하는 면의 종류도 조금씩 달라졌다. 아주 어릴 때는 라면, 그다음은 일본식 라멘, 그다음은 비빔면, 그다음은 불닭볶음면, 그다음은 짜장면, 짬뽕, 토마토 파스타, 크림 파스타, 다시 토마토 파스타, 그다음은 오일 파스타. 요즘은 마제소바에 빠져있다. 한 달쯤 전엔가 처음 먹었는데, 난생처음 보는 맛인 거다. 하 뭐랄까 굳이 비유하자면 신대륙을 발견한 기분과 비슷하지 않을까. 잘 비벼서 입에 넣는 순간 눈이 번쩍 뜨였다. 뭐야 이거. 심지어는 만들 엄두도 나질 않는 조합이었다. 지금은 레시피를 찾아서 대충 방법을 익히긴 익혔지만, 장인들과 같은 맛을 낼 자신은 여전히 없다. 마제소바는 비빔장이 생명인 요리다. 이 비빔장을 맛있게 만드는 것도 중요하지만, 맛있게 만든 비빔장을 면에 잘 배게 만드는 것도 그만큼 중요하다. 장인들은 면을 채에 건져 젓가락으로 빠르게 비비는 과정을 더한다. 언뜻 보면 면에서 물기를 쫙 빼내는 과정이라고 생각할 수도 있다. 하지만 그게 다는 아니다. 저 일련의 과정을 거치면 면발엔 미세한 상처가 많이 나게 된다. 그 상처는 면발의 식감을 살리는 것과 동시에 면이 비빔장을 흡수하게끔 만드는 역할도 한다.

세상엔 이런 종류의 상처들도 있다. 불우한 어린 시절을 보낸 덕분에, 가슴 찢어지는 이별을 몇 번 해 본 덕분에, 어떤 영문 모를 상처들 덕분에, 나는 지금의 내가 된 셈이다.

# 이상적 기쁨

일말의 걱정 없이 기뻐해 본 적이 있을까. 가끔 자문한다. 자문하는 이유는 어떤 기쁜 일 앞에서도 맘껏 기뻐해 본 적이 없기 때문일 것이다. 그렇기 때문에 나의 기쁨은 온전한 것일 수 없다. 온전하지 않은 사람은 응당 온전한 것을 갈망하기 마련이라, 나는 때때로 터무니없는 이상적 기쁨 같은 걸 상상하곤 하는 것이다. 내게 있어 이상적 기쁨이란 이별 없는 사랑, 고통 없는 성장, 해가 뜨지 않는 밤, 그치지 않는 비, 책임감 없는 섹스 같은 것이다. 그러니까 결국은 무언가가 결핍되어야만 이상적일 수 있다는 뜻이다.

# 빈칸을 채우는 것

 

 

욕심이 없는 편이다. 욕망도 별로 없고, 요즘의 나는 좀 잔잔하다. 어지간해선 마음이 동하질 않는다. 이루고 싶은 것도 별로 없고 갖고 싶은 것도 잘 없다. 이렇다 보니 세간살이는 단출하다. 단출하다 못해 너무 별게 없어서 솔직히 가끔 황망하기도 하다. 가진 게 너무 없는 거 아닌가. 그런 의문이 들기도 하고. 그런 의문은 곧잘 무력감이 된다. 소유한 게 없으면 으레 무력해진다. 소유는 한 사람이 살아온 생과 재정적 능력을 증명하기 때문에, 혹은 응당 할당받은 삶의 몫과 직결하기 때문일 거다. 내 것이 아무것도 없다니. 지난날 월급을 받기 위해 출퇴

근하던 일상이 주마등처럼 지나간다. 뭘 사지도 않는데 월급이 부족한 건 어디선가 낭비하고 있단 뜻인가. 지난달 들어온 돈과 나간 돈을 얼추 계산해 본다. 아무리 복기해도 오십만 원은 남았어야 한다. 가계부라도 적어야 하나. 늘 다짐뿐인 다짐을 또 한다. 침대와 옷장, 책장, 식탁이 전부인 공간을 둘러본다. 아무리 봐도 빈 공간이 너무 많다. 좀 더 좁은 집으로 가야 하나. 도통 이 황망한 공간을 뭘로 채워야 할지 모르겠는 거다. 천성이 그런 모양이다. 나는 빈공간을 채우는 것에 능하질 못하다. 공허한 마음도 마찬가지고. 어쩌면 공허한 마음이나 욕망이 없는 거, 빈집은 일맥상통하는 부분이 있다.

그렇다 보니 가끔 욕심이 나는 게 생기면 반드시 성취해야 한다. 손에 넣고 곁에 두어야 한다. 그것이 삶을 연속할 수 있는 어떤 실마리라도 되는 것처럼 나도 모르는 새에 그렇게 굴고 마는 거다. 일종의 치열함. 요즘 내 삶을 치열하게 만드는 욕망은 어떤 소설이다. 때아닌 장맛비처럼 쏟아진 문장들. 한 번도 적어본 적 없는 삶. 여수 앞바다 카페에 앉아 마주한 적 없는 생경한 세계에 관해 적는다.

오십몇 장의 원고지를 빼곡히, 녹록잖은 문장으로 채운다. 가볍게 생각한 적은 없지만 뭐랄까. 본격적으로 마음을 단단하게 먹게 하는 문장들. 좋은 문장을 적기 위해서라기보다는 '나는 이걸 끝낼 의무가 있다.' 결의를 다지는 느낌으로 빈 곳을 채운다. 분량을 넘기는 문장을 적어 놓고 그것들을 다시 한번 곱씹어 삼키는 동안 빈칸을 채우는 것의 의미를 생각한다. 원고지의 빈칸을, 황망한 집을, 공허한 마음을 채우는 것. 지금 이게 내 삶에 적잖은 변화를 가져다줄지도 모를 일이었다. 공허한 마음이나 결여된 욕망, 빈집이 일맥상통할 수 있다면, 그 반대도 일맥상통일 수 있을 거다. 잃어버리지 말아야지. 지금 이 감각을 간직해야지. 무언가를 욕망할 수 있다면, 내 소설 속 누군가처럼 불현듯 살고 싶어질 수도 있을 테니.

# 알러지약

어지간해서는 병원에 잘 가질 않는다. 머리로는 가야지. 가야지. 하면서도, 심리적 벽을 쉽게 넘어설 수가 없는 거다. 병원에 가지를 않으니 약을 처방받을 일도 잘 없다. 자주 먹는 약이라고는 보통 약국에서 처방 없이 살 수 있는 것들이 대부분이다. 이를테면 두통약이라든가 알러지약 같은 것들.

두통약과 알러지약은 어릴 때부터 좀 달고 살았다. 두통과 알러지가 날 얼마나 괴롭게 만드는지 너무 잘 알아서, 차마 견딜 재간이 없다. 아주 어릴 때의 기억을 떠올려 봐도 나는 자주 두통을 앓았다. 매일 관자놀이를 짚고 살았다. 철이 바뀔 때마다 찾아오는 비염도 오래되기는 마찬가지다. 알러지는 일정한 주기를 가지고 내 주변을 공전하는 것처럼 굴었다. 때가 되면 두통을 수반한 눈물, 콧물을 밤새 짜게 하는 것이다. 그러니까 두통과 알러지는 뭐랄까, 때 되면 반드시 찾아오는 거라서, 언제든 대비하고 있어야 했다.

지난 아침. 알러지약을 네 개나 먹은 건 좀 판단미스였다. 급한 성미 때문에 약물을 습관처럼 오용했는데, 그간은 별 탈이 없었던지라 이번에도 그럴 줄 알았던 것이다. 약물 오용. 이건 내가 가진 고쳐야 할 나쁜 습관 중에 하나다. 권장량이라는 게 괜히 있는 게 아닐 텐데도 어쩐지 무시하고 마는 것이다. 잠시라도 알러지를 달고 살고 싶지 않은 바람에 약을 무식하게 털어 넣는다. 하루에 한 알씩 사 일간 먹을 바엔, 그냥 하루에 네 알 다 먹어버리고 죽은 듯이 자는 쪽을 택한다. 그럼 하루 만에 썩 괜찮아지기도 하는 것이다. 미래의 나로부터 수명을 빚지는 무식한 짓이다.

젊을 때는 그럭저럭 몸이 버텨주었다. 가끔은 기분 좋게 만취한 느낌으로 다리가 붕붕 뜨기도 해서, 친구에게 농담처럼 "술 같은 거 마실 생각 말고 알러지약이나 해라!" 같은 무책임한 농을 치기도 했다. 하 그런데 이게 웬걸. 어제오늘은 정말 사경을 헤매었다.

꼬박 서른다섯 시간을 잠에 취한 채로 비몽사몽 했다. 잠깐 깼다 잠드는 것을 경계로 온갖 괴상한 꿈이란 꿈은 다 꾸었는데, 이게 또 고역이었다. 아플 때는 꼭 악몽을 꾼다. 좋지 못한 몸 상태를 무의식이 대변하는 걸지도 몰랐다. 아니면 그 지경으로 몸을 혹사시킨 내게 벌을 주는 거든가. 아무튼 나를 괴롭게 만드는 꿈은 몇 가지가 있는데, 그중 가장 괴로운 것을 꼽자면 단연 범죄를 저지르고 달아나는 꿈일 것이다. 범죄를 저지른 것 자체에 대한 죄책감이 아니라, '들키면 어떻게 하지?', '감옥엔 가기 싫은데.' 같은 추잡한 마음이 꿈에서도 먼저 드는 거다. 그게 나라는 인간의 본질일 지도 몰랐다.

내가 가진 추악한 면에 대한 고찰도, 주기적으로 찾아오는 알러지 같은, 썩 달갑잖은 것 중에 하나다. 나는 자주 내 존재를 반문한다. 이분법적 사고로 인간을 이해하는 것은 영 불가능하다지만, 보편적인 도덕적 잣대를 들이댔을 때 용납할 수 없는 부분이 여전히 내게는 있다. 그런 걸 직면하게 되는 날엔 뭐라도 오용하고 싶다. 마구 남용하고 싶어진다. 차라리 비몽사몽 잠에 취해 며칠이고 잠만 자고 싶다. (그럼 또다시 악몽을 꿀 테지만) 현실도피라고 힐난해도 상관없다. 텅 빈 곳을 들여다보고 있으면, 어쩔 수 없이 그런 충동에 별안간 휩싸이기도 하는 것이다.

# 소소

　며칠간 비가 내렸다. 모처럼 내린 시원한 비였다고 회상하기로 한다. 나는 비 오는 걸 밥 먹는 것만큼이나 좋아하기 때문에 며칠간은 꽤 기분이 좋았다. 여기서 굳이 '꽤'라는 부사를 덧붙인 건 소소 때문이다. 실은 비 오는 걸 무지, 엄청, 무척……, 더할 나위 없이 좋아하는데, 이젠 소소를 생각하면 마냥 좋아할 수만은 또 없는 거다. 이유는 소소가 보더콜리라는 데에 있다.

　하, 보더콜리.

　얼마 전부터 티비나 유튜브에 보더콜리 관련 영상이 자주 이

슈로 오르더니, 금세 관심이 높아졌다. 대표하는 이미지는 '양치기견', 그 뒤로 몇 개의 수식어가 오래된 버릇처럼 따라 붙는다. 이를테면, 지능 1위라든가, 에너지가 넘치는 바람에 파양률 1위라든가 하는.

말 그대로 소소는 에너지가 넘친다. 주체할 수 없는 에너지가 걸핏하면 흘러넘치는 바람에 자꾸만 집을 난장판으로 만든다. 하루에 세 번, 나갈 때마다 한 시간씩은 꼬박 걸어줘야 한다. 공도 던져줘야 하고, 노즈 워크도 좀 해주고, 삼십 분은 만져줘야 그나마 밤에 잠을 좀 잔다. 단순 계산으로도 꼬박 여섯 시간은 소소에게 온전히 할애해야 하는 거다. 하루에 여섯 시간씩 무언가에 몰두하다 보면, 삶의 방향이 슬며시 그쪽으로 기운다.

나는 별로 엑티비티한 사람이 못 된다. 적어도 소소를 알기 전까진 명백히 그랬다. 움직이고 돌아다니는 것보단, 해변에 누워서 책이나 읽고 햄버거나 먹는 게 훨씬 행복하다고 여기는 사람이었다. 근데 요즘은 조금 달라졌다. 매일 여섯 시간씩 꼬박 같이 뒹구는 애, 끊임없이 장난감을 물고 오는 애, 아무리 지쳐도 한 시간만 대충 쉬면 바로 회복이 되는 애 때문에. 근데 이게 싫지가 않다. (솔직히 좀 힘들긴 하지만.) 변화가 싫지 않다는 건, 그러니까 기꺼운 마음으로 변화할 수 있다는 건 분명히 사랑일 거다. 사랑. 나는 소소를 사랑한다. 사랑 없이는 도무지

할 수 없는 일들을 아무렇지 않게 한다. 이것이 나의 사랑이 여전히 실존함을 증명하는 셈이다. 같이 여행을 다니기 위해서, 혹은 애를 조금이라도 더 행복하게 만들어주기 위해서, 라는 명목으로, 나도 모르는 새에 캠핑 장비를 알아보고, 캠핑 영상들을 찾아보면서 예습을 하고 있는 거다. 반려견과 함께 할 수 있는 서핑 모임을 찾고, 반려견 산책 모임에 가입을 했다. 하, 타인과 섞이는 건 여전히 힘들지만 소소를 위해서라면 감수할 수 있다. 청춘 드라마의 진부한 대사를 잠깐 빌리자면, "이게 사랑이 아니면 뭐니?" 딱 그런 느낌.

사랑하면 그 전에 알고 있던 상식이나 고정관념, 개연성 같은 게 좀 흐트러진다. 예컨대, 요즘의 나는 비가 오면 소소에게 미안함을 느낀다. 책임감을 수반하는 미안함이다. 비가 오는 건 내 잘못이 아닐 텐데, 산책을 못 가는 건 자연재해 급의 불가항력일 텐데도, 소소가 그 사실을 이해해줄 리 없으니 나는 무작정 미안할 수밖에 없는 거다. 사랑하면 잘못하지 않은 일에도 얼마든지 미안할 수 있는 거였다.

그러므로 내가 소소를 사랑하는 이상, '비가 와서 기분이 좋았다.'는 문장 안에는 '보통보다 조금 더 많은 정도'라는 뜻의 부사 '꽤'를 붙일 수밖에 없다. '무지, 엄청, 무척……, 더할 나위 없이' 같은 부사는 이젠 도무지 사용할 수가 없는 것이다.

소소는 참 귀엽다. 언제 자라나 언제 자라나 했는데, 금세 커
가지고, 이젠 계단이든 어디든 겅중겅중 곧잘 돌아다닌다. 털
도 하필이면 반곱슬이라, 사람들이 더 예뻐한다. 만지면 손가
락 사이로 빠져나가는 털이 매끄럽다. 가만히 그걸 만지고 있
으면, 뭐랄까 세상 근심 같은 게 좀 사라진다. 얘만 있으면 다 괜
찮을 것 같다는 착각. 사랑이었다.

# 치아바타

요즘엔 치아바타를 잘 먹는다. 자극적인 것을 좋아했었는데, 언제부턴가 슴슴한 것도 꽤 맛있게 느낀다. 간이 세지 않은 음식을 먹으면 씹을수록 담백한 맛이 나는 게 꼭 한 거 없이 몸에 진 빚을 갚는 기분이 된다. 그래 오늘 저녁부턴 운동을 해야지. 그런 다짐을 무책임하게 유발하기도 하는 것이다. 제빵과는 인연이 없는 탓에 직접 만들어본 적은 없지만, 치아바타를 쭉 찢으면서 이게 오븐 안에서 부풀어 오르는 동안 인내한 시간 같은 걸 멋대로 상상한다. 치아바타는 가을의 구름 같다. 밀도가 높지 않고, 대체로 속이 가벼워 부드럽게 씹힌다. 가장 선호하는 건 올리브가 박힌 치아바타에 발사믹 소스를 곁들이는 것. 따뜻한 아메리카노와 함께 먹기엔 그게 합이 가장 좋다.

좋아하는 사람이 좋아하는 것에는 흥미가 돌기 마련이다. 이 사람이 좋아하는 거라면, 으로 시작되는 맹목적 신뢰. 이미 객관성을 잃은 관계가 내겐 몇 있다. 예컨대 흥이나 양이 추천하는 책은 일단 산다. 그들의 취향과 독서 수준을 고려했을 때 결코 후회할 리가 없었다. H가 추천하는 식당도 십중팔구 입에 맞다. (반대의 경우도 있다. K가 재미있게 본 영화는 절대 보지 않는다. 같은) 유유상종의 의미를 생각한다. 정말 비슷한 부류의 인간들끼리 모이는 건지, 모여있다 보니 비슷한 부류가 되는 건지, 비슷한 부류의 인간들끼리 모여있다 보니 더 닮아가는 건지. 뭐가 됐든 흘러가지 않고 주변에 남아있는 사람들을 보면 어느샌가 취향이 꽤 닮아있었다. 나도 모르게 조금씩 변해가는 걸 텐데, 그게 그리 싫지만은 않다.

간밤에 인스타그램에서 치아바타 사진을 봤다. 올리브가 송송이 박힌 거. 사진에선 보이질 않지만 아마 발사믹 소스는 노트북 오른편에 있을 거다. 그렇게 생각하기로 한다. 테이블이나 벽을 보니 내가 자주 가는 카페는 아니다. 낯선 곳이 틀림없다. 어딜까. 맛있게 먹었을까. 별로 친하지 않은 사람인데 어쩐지 호감이 간다. 옆자리에 앉아 각자 치아바타와 아메리카노를 시켜놓고 글을 쓰는 광경을 상상한다. 그날 날이 올 수 있을까요. 내가 물었다. 셔츠를 좋아한다는 것과 올리브 치아바타, 곧잘 메모를 한다는 것이 내가 아는 우리의 유일한 공통점이었다. 사람이 사람을 좋아하는 이유는 그 정도로 충분한 거였다.

# 잘 구겨지는 성질

소소는 구석진 곳을 좋아하는 모양이다. 몇 달간 서로를 관찰한 결과 도출된 결론이다. 틈만 나면 좁은 곳으로, 아니 틈을 내서라도 좁은 곳으로 기어들어 간다. 저긴 어떻게 들어가 있는 거야? 싶을 만큼 불편한 자세로 누워서 잠을 자기도 한다. 구석진 곳을 좋아하는 성정은 나를 좀 닮았다. 어디든 파고들어 드러눕는 집요함도. 바닥에 등을 대고 누운 애를 보면서 생각한다. 저 애는 나의 어떤 면을 발견했을까. 배변 패드에 응아를 하면 맛있는 간식을 주는 애, 잘 때 시끄러운 소릴 내는 애, 뜨거운 손을 가진 애, 가끔 혼자 우는 애..

어떤 것도 나를 대표할 순 없지만 저런 게 모여서 결국엔 내가 된단 사실, 이젠 이해할 수 있다. 서운할 거 없다. 보통의 인간이란 대충 그렇게 생겨먹었다. 그러므로 나의 일부를 들키는 일은 낯간지러울 수밖에 없다. 자꾸 들키다 보면 내가 변변찮은 보통의 인간이란 걸 실토해야 할 것만 같아서.

스스로 별거 아닌 인간이란 사실을 인정하는 것으로부터, 어떤 것은 시작된다. 생을 조명하는 다른 시야가 하나 더 생긴다. 눈을 뜨고 나서야 그간 감고 있었단 사실을 깨달을 수 있는 것처럼, 별안간에 들이닥친 수치심이 한동안 주변을 맴돌면서 소란하게 군다. 더없이 겸손해지는 덕에 좀체 멀쩡한 판단을 내릴 수가 없다. 바야흐로 손해 보는 삶이 시작된다. 수치심도 모르는 놈. 그런 말을 달고 살기도 한다. 삶의 형태를 더이상 외면할 수 없으므로, 응당 짊어지기로 한다.

이런 생각을 하고 있으면 자꾸만 구석진 곳으로 들어가고 싶어진다. 나의 못된 버릇. 우린 잘 구겨지는 성질을 가졌다.

# 빛

 

카페인이 별다른 작용을 하지 못함에도 피곤하면 일말의 기대를 가지고서 박카스나 비타오백, 레드불, 커피 같은 걸 부어넣는다. 플라시보 효과인지 뇌가 충족할 만큼의 카페인을 기어코 복용한 건지 잘 모르겠지만 가끔은 정신이 드는 것도 같다. 내일에 나를 잠깐 빌려오는 일. 시간을 거스르는 건 영 불가능하지만 이런 식으로 비꼬는 건 때에 따라 얼마든지 가능했다. 미래에 빚지고서 글을 적다 보면, 지금의 나도 과거의 내게 무언가 해줄 수 있는 일이 있을까 생각하게 된다. 그때의 나를 동정하거나 괜찮다고, 다 그럴 수 있다고 토닥이거나 미화시키는 것 말고 좀 덜 안쓰러운 거. 울어주거나 탓하는 거 말고 좀 따듯한 거. 제발. 따지고 보면 과거의 나와 미래의 나는 다 서로에게 일말의 신세를 지고 있었다. 지금의 나는 그 사이에서 방황하는 중이고. 뭐라 표현할 수 없지만 그런 것들이 모여서 내가 되는 거라면 나는 갚을 게 많은 사람인 셈이다. 이자를 달 수 있다면 갚는 쪽보다 받는 쪽에 있고 싶다.

# 나에 대해 사유하는 일

나에 대해 사유하는 일은 시간을 필요로 한다. 좀처럼 객관적이기 힘들 뿐더러, 계속해서 변화하기 때문에 단시간에 나를 제대로 아는 건 쉽지가 않다. 불가능에 가깝다. 나에 대해 제대로 사유하기 위해선 먼저 나를 둘러싼 환경과 사람들을 걷어낼 필요가 있다. 오롯이 존재한단 사실을 인지해야 한다. 대부분의 사람들은 평생 경계 없이 뒤섞여 살기 때문에, 쉽지 않은 작업이 될 거라고 짐작한다. 타인과 환경으로부터 나를 떨어뜨리고 나면, 그다음엔 모호하게 둘러진 경계를 명확하게 다시 치는 과정이 필요하다. 이 과정을 통해 어디까지가 나인지, 내가 허용할 수 있는 범위 안쪽에 있는지, 바깥쪽에 있는지, 좋아하는 게 뭔지, 싫어하는 게 뭔지…, 그런 걸 알게 된다. 나와 세상을 나누는 경계가 좀 뚜렷해졌다면, 반은 성공한 셈이다. 이제부터 우린 형성된 나를 통해 세상을 바라보는 연습을 해야 한다.

우린 자주 선택의 기로에 놓인다. 직장이나 관계에 관해, 오늘 먹을 메뉴에 관해, 취미에 관해, 입고 나갈 옷에 관해…… 많게는 하루에 수백 번도 넘게 선택해야 할 일이 생긴다. 나의 존재를 확립하고 나면, 이쯤에서 의구심이 들 것이다. 무언가를 선택하는 그 짧은 순간에도, 생각보다 더 많은 것을 고려한다는 사실을 알게 된다. 동시에 그럴 필요가 없었다는 걸 깨닫게 되기도 한다. 물론 인간은 사회를 이루고 살기 때문에, 타인과 환경을 전혀 고려하지 않을 순 없다. 그러나 어떤 선택을 하든지 간에, 이게 타인을 신경 써서 하는 선택인지, 오롯이 나의 자유의지를 통한 선택인지 정도는 구분지을 수 있어야 한다는 말이다. 앞으로의 선택들엔 조금씩 나의 주관이 깊게 파고들 거다. 좀 더 고민하게 될 수도 있고, 때론 쓸데없는 고민을 배제하게 될 수도 있다.

내가 주체가 되어서 무언갈 선택할 줄 아는 건 좀 중요한 일이다. 인간이 인간답게 살기 위해 배워야 할 기본 소양 중에 하나일 수도 있다. 이제 우린 내가 원하는 것과 원하지 않는 것을 구분할 능력을 얻었다. 그럼 이제 세상을 나의 관점으로 해석할 수도 있을 거다.

작가님은 작가님을 한 문장으로 표현하자면 뭐라고 하실래요?

J가 느닷없이 물었다. 글쎄, 하고 잠깐 뜸을 들인다. 실은 예전에 회사에 다닐 땐 비슷한 질문을 여러 번 들은 적이 있다. 그때의 대답들은… 모두 담당하던 업무에 관련된 거였다. 저는 내비게이션이요. 여기가 어디든 고객님과 함께 목적지를 향해 최단거리로 달려갈 수 있거든요. 같은. 오늘의 나는 망이라고 대답했다. 웬 망? 대답해 놓고도 어이가 없다. 이유는 붙이자면, '쏟아지는 이야기를 걸러 곱게 정돈하니까.' 였다. 작가란 정체성을 버리지 못한 대답이라고 생각한다. 물론 나는 작가고, 글을 쓰지 않는 나는 상상도 할 수 없지만, 글을 쓰지 않는 나는 내가 아닌가? 라는 질문엔 '그렇다.' 고 선뜻 대답할 수 없다. 일요일 오후까지 늦잠을 자는 나도 나고, 새벽에 불현듯 떠나고 싶어 하는 나도 나다. 누군가에게 맛있는 걸 대접하는 것도 나고, 가끔 참을 수 없이 슬퍼져 몰래 우는 것도 나다. 그러니까 망이란 대답은 좀 아쉽다.

어젠 여동생에게 전화가 왔다. 죽네 마네 한바탕 소동을 벌인 뒤로는 통화한 적이 없어서, 좀 오랜만에 듣는 목소리였다. 화장실에서 넘어지는 바람에 세면대에 머릴 부딪혔다고 했다. 코피가 많이 나서 놀랐다고. 얘는 이런 일이 생기면 누구보다 내게 먼저 전화를 한다. 세상에 의지할 사람이라곤 나밖에 없는 것처럼 군다. 전화를 끊고 커피를 마시려는데 별안간에 작년 이맘때쯤 한 통화가 떠올랐다. 얘는 너무 취해서 기억하지 못할 거다 아마. 오빠 나 불법 토토 사무실에서 일할 거야. 돈 많이 벌어서 다 패버릴 거야. 꼬부라진 혀로 그런 소릴 했다. 나의 우주가 아픈 소릴 낸다. 얘는 아직 애 같은 구석이 있어서, 말리지 않으면 진짜로 해버릴지도 몰랐다. 순진무구한 표정으로 자기 인생을 잘도 나락으로 떠미는 애니까. 통화를 끊고는 좀 슬펐다. 그런 설움을 너도 갖고 있었구나. 오빠가 돈 많이 벌어서 끝까지 챙겨줄게. 그런 다짐을 했었다.

나에 관해 사유한다. 한 문장으로 표현하자면, 나는 나를 사랑하지 않는 사람이다. 나를 가엾다고 생각하질 않는다. 뭘 해줘야겠단 생각도 도통 들질 않는다. 그렇기 때문에 내가 계속 살기 위해선 책임질 것들이 필요하다. 나를 위해선, 살아지지가 않는다. 살아갈 의지가 생기질 않으니 좀처럼 인간 구실도 하질 못한다. 그래, 나는 동생들 때문에 사는 사람이었지. 다시 한번 나의 정체에 관해 깨닫는다.

나는 나를 사랑하지 않는 사람이기 때문에, 얼마든지 기꺼운 마음으로 이런 삶을 선택할 수도 있다.

# 자연스러운 인간

휘는 거의 매일 누워서 음악을 듣는다. 뭐해요? 하면 십중팔구 누워서 음악 들어요. 한다. 이 글을 쓰기 전에도 물어봤는데, 아직 답장은 안 왔다. 그럴 땐 그냥 아, 누워서 음악 듣고 있겠구나. 생각하면 된다. 답장이 오면 휘와 나누고 싶은 얘기가 좀 있다. 답장을 기다리는 동안, 며칠 전에 휘와 나눈 얘기를 좀 적어봐야겠다고 생각한다.

휘와는 이상하게 사는 얘기를 많이 하게 된다. 지난번엔 삶을 계속 살게 하는 원동력에 관한 얘기를 했었고, 얼마 전엔 삶의 목표에 관한 얘기를 했다. 뭐랄까, 세상에서 제일 게으른 사람 둘이 누워 그런 소릴 하고 있는 게 우습지만 어쨌든 우린 진지해지기만 하면 사는 얘길 한다.

삶의 목표라. 아무리 생각해도 좋은 책을 내겠다는 것밖엔 떠오르질 않는다. 이제 내겐 그것밖에 없다. 오래 남을 글을 쓰고 싶다. 요즘 맥락 없이 입에 버릇처럼 달고 사는 말은 "돈 많이 벌고 싶다." 아니면 "돈 많았으면 좋겠다."지만, 그것도 결국엔 편하게 글을 쓰기 위함임을 나는 안다. 내 삶의 방향은 온통 글 쪽으로 치우쳐있다. 뭐 먹고 사나. 그딴 고민 없이 글에만 온전히 정신을 쏟고 싶은 거다. 수단이냐, 목표냐의 차이랄까. 돈은 그냥 수단이고, 글은 목표기 때문에 그저 요행처럼 쉽게 "좋은 글이 뚝딱 나왔으면 좋겠다." 같은 소린 하질 않게 되는 거다. 고뇌하고 인내한 글의 무게를 알기 때문에. 그것만은 내 힘으로 해 내고 싶다.

삶의 목표를 되묻는 내게, 휘는 그냥 여행이나 다니고 싶다고 했다. 뭐 삶의 목표는 아니고, 그냥 그러고 싶은 정도.라고 덧붙였다. 그나마 요즘에 생각하는 건 잘 살자 인데, 대체 그 잘사는 게 뭔지 명확히 정의내릴 수는 또 없다고 했다.

잘 사는 건 뭘까. 먹고 싶은 거 먹고 싶을 때 먹고, 병원비 걱정 안 하고 병원에 가는 것, 하고 싶은 게 생기면 구체적인 계획을 세워볼 수 있는 것, 기념일에, 경조사에, 돈 걱정 없이 참석할 수 있는 것, 독촉 전화를 받지 않는 것, 제때 엔진오일을 갈 수 있는 것, 강아지가 아플 때 24시 병원에 지체 없이 데려갈 수 있는 것…… 정도일까. 내가 이런 것들을 두서없이 떠올릴 때 휘는 그저 "그냥 그때그때 하고 싶은 거 해 보고 최대한 자연스럽게 사는 거. 저는 좀 자연스러운 사람이 되고 싶어요. 항상 좀 부자연스러운 느낌이야." 했다. 부자연스러운 느낌? 그야말로 나였다.

휘와는 통하는 게 많았다. 몇 번인가 "저와는 닮은 구석이 있어요." 직접 얘기한 적도 있었다. 어쩌면 그래서 내가 휘를 아끼는 걸지도 몰랐다. 닮은 구석이 있어서. 그리고 그런 구석을 발견한 날엔, 휘도 날 가깝게 여겨주면 좋겠다고 생각한다. 그럴 수 있을까? 그럴 수도 있을 거라고 믿는다. 우린 닮은 구석이 있으니까.

휘의 말을 잠깐 빌리자면 나는 살수록 점점 더 '부자연스러운' 인간이 되어가는 중이었다. 그 이유를 두고 오래 골몰했다. 내가 이렇게 부자연스럽게 구는 이유에 관해. 언제 어디서 누굴 만나든 자연스럽질 못하고, 겉돌게 된 이유에 관해. 가끔은 농담처럼 "전 이제 자발적 히키코모리가 됐어요." 했지만, 사실은 울고 싶을 때가 많았다.

　내가 부자연스러운 인간일 수밖에 없는 그 기저에는 자기혐오와 자기검열이 단단히 자리하고 있다. 그게 남들보다 좀 심하다. 심하다는 말로는 다 표현이 안 될 만큼, 심각하다. 외모 컴플렉스도 심하고, 말을 하는 것부터 어떤 행동을 하기까지 수많은 내적 검열을 거친다. 특히 격양된 감정을 날 것 그대로 드러내는 일에 가장 큰 수치를 느낀다. 수치라니. 적는 것만으로도 어깨를 구부리고, 괜히 눈치를 살피게 하는 글자다. 그러나 애석하게도 대체할만한 단어가 딱히 없다. 이 감정은 더도 아니고, 덜도 아니고 명백히 '수치'에 가깝다. 이를테면, 신나서 들뜬 목소리라든가, 행복해 죽겠다는 표정, 널 사랑해 못 견디겠다는 제스처 같은 것에 취약하다. 창피하고, 오글거리고, 모멸감을 느낀다. 심할 때는 스스로를 역하게 느끼기도 한다. 그러니까, 나는 지금, 내가 무채색의 부자연스런 인간으로 살 수밖에 없는 당위성에 관해 설명하려는 거다. 내가 이렇다 보니 격양된 감정을 그대로 표출하는 사람은 좀 대하기 어렵다. 가끔 불편하기도 하고, 대신 수치를 느끼기도 한다. 그야말로 무채색의 밋밋한 인간이다.

　무채색의 인간. 그건 휘의 첫인상이기도 했다. 비슷한 것들끼리는 끌어당기는 성질이 있으니까, 나는 그녀가 나와 비슷한 과의 인간임을 첫눈에 알았다. 뭐랄까, 휘는 영혼의 30%쯤은 다른 곳에 두고 다니는 사람처럼 보였다. 그래 이게 가장 솔직한 감상일 것이다. 덕분에 그녀를 생각하면, 어쩐지 희미한 잔상이 떠올랐다. 오래돼서 색 바랜 사진처럼, 학창 시절의 가장 뜨겁던 어느 여름방학처럼, 필름 카메라가 어울리는 사람이라고 생각했다.

"휘는 좀 무채색의 인간 같아요." 내가 말했다. 휘는 잠깐 놀란 표정을 하다가, 곧 "얼마 전에 회사 사람이 저한테 무채색이라고 했는데, 다시 그 단어가 나오다니 신기하네요." 했다. 나는 이름도, 얼굴도, 목소리도 모르는 그녀의 회사 사람이, 아마 우리와 비슷한 종류의 사람일지도 모르겠다고 짐작한다. 그분도 INFP인가요? 굳이 묻지는 않았다.

최근 몇 달간, MBTI, 심리유형 검사라는 게 돌연 유행했었다. 아마 코로나 탓일 거라고 생각한다. 돌아다니지도 못하고, 집구석에선 도무지 할 게 없으니까, 그제야 자신을 좀 돌아보게 되는 거다. 달고나 커피나 수플레 오믈렛처럼. 홀라후프나 다마고찌처럼. 잠깐 유행하고 지나갈 거라고 여겼다. 검사지를 공유한 사람 중에 절반은 진짜 본인의 성향이 궁금해서 검사를 해본 거였을 테고, 나머지 절반은 그저 유행에 편승하고 싶은 거였을 테다. 유행에 편승하길 싫어하는 성정 탓에 나는 내

MBTI가 뭔지 관심을 갖질 않았다. 누군가 작가님 MBTI 뭐예요? 물어보면, 글쎄요. 이런 거 싫어해서 검사하지 않는 유형은 어떤 걸로 분류되나요? 되물었다.

그러다 마침내 MBTI 검사를 하게 되었다. 이유는 별거 없었다. SNS에 올라온 휘의 MBTI 유형을 보게 된 거다. 나는 휘를 좋아하니까. 휘가 하는 건 그게 뭐가 됐든 다 따라 하고 싶으니까. 그냥 하기로 했다. 고집이란 게 이렇게 줏대가 없다. 나는 좋아하는 사람 앞에선 애처럼 구니까. 그래, 좋아하는 사람 앞에서 애처럼 굴지 누구 앞에서 이렇게 굴겠어. 자기합리화하기도 한다.

한 십오 분 심사숙고한 끝에 얻은 결과는 INFP였다. 예상대로, 휘와 같은 거였다.

INFP의 몇 가지 특징을 나열하자면,
- 안 친한 사람에게 경계심과 의심이 많아 진입장벽이 존재함
- 진입장벽을 넘은 친구, 연인에게는 모든 것을 오픈하는 편
- 내향 유형인데 사람들에게 관심받고 싶어 하는 경향이 있음
- 감정 기복 엄청 심함, 멘탈 제일 약함
- 일을 미룸
- 말 이면의 숨은 의도를 파악하려 함
- 의미부여를 잘함

- 자신이 하고 있는 일에 불만족을 느낄 확률이 높다
- 평상시에도 독고다이를 많이 하며 상황이 여의치 않을 때
  는 잠수도 자주 탄다
- 안 읽씹을 자주 한다

정도가 있었다. 그중에 가장 공감했던 건 이거다.

- 자신이 남들과는 다른 특별한 존재라고 생각하고 자신의 가
  치를 타인의 가치보다 높게 평가해 자기 자신에 대한 애정
  이 강하다. 다만 인간관계에서 타인을 지배하고자 하는 성
  향이나, 타인의 사생활에 참견을 하는 성향은 없다.
- 그러나 역설적이게도 어느 때는 본인을 남들보다 못하다고
  여기고 자기 자신을 제일 싫어한다. (자기 자신을 가장 좋아
  하면서 동시에 가장 싫어한다)

그러나 역설적이게도. 이 짧은 문장이 목울대 언저리에 맺혔
다. 자꾸만 헥. 헥. 하는 소리가 났다. 이거 그냥 나잖아? 신빙성
없는 검사라고 매도한 것을 잠깐 반성하기로 한다. 특징 아래엔
능력 발휘 분야, 그러니까 INFP가 활약할 수 있는 직종이 적혀
있었다. 대충 인터넷 방송인, 작가, 여행가, 비평가, 블로거, 미
술가, 음악, 영상, 디자이너, 일러스트레이터, 심리 상담원, 정
신과 의사, 종교인……. 등등이 나왔다. 나는 작가고, 휘는 디자
이너니까. 이것도 그럭저럭 들어맞는 셈이었다.

그 뒤로 휘와 나는 INFP에 관한 재미있는 농담이 있으면 종

종 공유하는 사이가 되었다. 휘도 내게 일말의 동질감을 느끼고 있다는 뜻이었다. 이건 좋은 신호였다. INFP의 특징에 따르면, '안 친한 사람에게 경계심과 의심이 많아 진입장벽이 존재함', '진입장벽을 넘은 친구, 연인에게는 모든 것을 오픈하는 편'이라고 했으니까. 진입장벽을 완전히 넘진 못했어도 근처에 도달하긴 한 거라고 믿기로 한다.

요즘엔 전담에 중독됐어요. 삶의 목표에 관해 떠들다가, 휘가 돌연 말했다. 전담이라면 전자담배? 구태여 '전자' 담배임을 밝히고, 그걸 다시 '전담'으로 줄여 부른 건, 일종의 해명이었을까. 담배와 휘 사이에 굳건히 버티고 선 진입장벽이 여전히 존재한단 증거였을까. 나는 생각한다. 이런 식으로 소소한 사생활을 공유하게 된 것도 어쩌면 INFP끼리 느낄 수 있는 동질감 때문일 지도 몰랐다. 역시 좋은 신호다. 휘는 "연기를 뿜는 게, 꼭 속에 있는 걸 끄집어내는 것 같아서 좋아요. 어떨 땐 연기를 보면서 저렇게 사라지고 싶다는 생각을 하기도 하고." 했다. 나는 휘의 말을 들으면서, 며칠 전 그녀가 추천해준 영화와 거기에 나온 여자를 떠올린다. 해미. 버닝의 주인공. 휘는 내게 영화를 추천하면서, 좋아할 것 같아서.라고 짧게 덧붙일 뿐이었다. 영화의 어떤 면을 보고 내가 좋아할 것 같다고 생각했는지. 같은 사족은 달지 않았다. 나는 그편이 더 좋았다. 휘가 나를 쉽게 판단하진 않으면서도 일정부분 이해하고 있다고 느꼈다. 영화의 첫인상은 '과연.'이었다. 휘가 추천해준 이유를 알 것 같았다. 영화는 시종일관 톤 다운된 화면을 보여주었다. 날카로운 대사들 사이로 의미와 이미지와 메타포가 의미심장하게 떠다녔다. 캐릭터들은 각자의 뚜렷한 성격을 가지고 그곳에, 실존하고 있었다. 나는 이런 식의 영화를 좋아한다. 해석의 여지가 다분한 영화. 속이 텅 빈 캐릭터가 나오는 영화. 휘는 이영화를 통해 어떤 것을 느꼈을까. 어쩌면 본인을 해미에 깊게 투영한 걸지도 몰랐다.

"해미가 그런 소릴 하잖아요. 없었던 것처럼 사라지고 싶다고."

내가 말했다. 휘는 망설이지 않고 곧장,

"해미도 무채색이야. INFP일까? 자기만으로도 버거운 인간."

했다. 농담인 듯 농담 아닌 얘기였다.

자연스러운 인간이란 뭘까. 전담에 중독돼 매일 속에 있는 걸 끄집어내는 인간, 가끔 연기처럼 사라지고 싶다고 생각하는 인간과는 아마 거리가 멀 것이다. 그 뒤로도 부자연스러운 인간 둘은 한참 동안 자연스러운 인간이 되는 방법에 관해 생각했다. 그러나 역설적이게도, 나는 휘와 이야길 나누는 동안에 부자연스러운 인간으로 사는 것도 썩 나쁘지 않겠단 생각을 한다.

마침 휘로부터 답장이 왔다. 다리 올리고 누워있어요. 음악은요? 나는 되묻는다.

# 손가락

만난 지 일 년쯤 됐을 땐가, 네 손가락을 가만히 보다가 아 손가락이 이렇게 예뻤었나 싶더라. 그렇게 무관심했던 주제에 은아 아직도 널 이렇게 그리워한다고 말한다면 내 말 믿을 수 있겠니.

3

당신의 문장을
　　　과식한 날이면

# 어떤 기억

어떤 기억은 너무나도 무거워서 도리어 가벼운 척하려 했다.
그러지 않고선 도무지 버텨낼 재간이 없는 거다.

# 잘못했다고 생각해

나를 구성하고 있는 것들에 관해 생각한다. 기억력이 좋지 못해서 한 번씩 지난 삶을 카테고리별로 나눠 꼬리표를 붙이고, 칸칸이 집어넣는 식의 정리가 필요하다. 필요할 때마다 삶의 면면을 꺼내어 볼 수 있도록 정리하는 거. 지난밤 나눈 대화부터 세 번은 정독한 책, 내가 적은 문장들, 나를 향해 쏟아진 모진 말들, 나를 사랑한 사람들, 그리고 당신. 최근 몇 년간은 그런 것들이 나를 먹여 살렸단 사실을 인정하기로 한다.

그런 것들이 일정부분 남아 몸 어딘가에 쌓여 있다고 인정하는 일은 가끔 어렵다. 무언갈 용서해야 하기 때문에. 이를테면 당신을.

어떤 남자와 잤다고 실토하던 날. 당신은 내게 "잘못했다고 생각해." 했다. 눈치채지 못했지만 '잘못했다.'와 '잘못했다고 생각해.' 사이엔 큰 차이가 있는 거였다. 우리가 같이 보낸 몇 개의 계절만큼. 그때의 우린 말의 어긋난 맥락을 명확히 이해하진 못했지만, 뭔가 잘못됐음을 직감하긴 했었다. 우리 사이의 좁혀질 수 없는 거리가 '고 생각해.' 네 글자 안에 모두 담겨 있었다. 실컷 울고 소리 지르고 근처 이자카야에 가서 오뎅탕 같은 걸 먹고 새벽까지 섹스한 뒤에야 좀 마음이 놓였다. 나름 근거 있는 안도감이었다. 그 무렵엔 사랑하는 마음이 너무 컸기 때문에 말하지 않아도 통하는 뭔가가 있다고 믿었으니까. 사과와 화해와 용서는 새벽까지 섹스하는 걸로 충분하다고 믿었으니까. 우린 우리만의 언어로 곧잘 대화하고 있다고 믿었으니까. 소설을 몇 편 쓰고 나서야 당신의 언어를 좀 더 잘 알게 되었다. '잘못했다고 생각해.'는 객관화된 감정의 표현. 좀 더 정확히 말하자면 본인이 잘못했다고 느낀 게 아니라, 도덕적 학습에 근거해 다음과 같은 상황에선 응당 잘못했다고 말해야 한다.에서 기인한 가식적 행태. 화해나 사과, 죄책감 같은 맥락의 감정과는 상당한 거리가 있는 어떤 것. 그러니까 그건,

단순 인지의 결과라고 할 수 있었다. 그 말은 나의 삶을 크게 공전하는 것처럼 잊어버릴 때마다 다시 돌아왔다. 한 바퀴 도는 동안에 뭐가 얼마나 자란 건지 알 수 없는 채로 얼마간의 거리를 두고 당신의 말을 다시 해석한다. '잘못하긴 했지만, 미안하진 않아.' 무의식적으로 그냥 알기만 하는 것과 말을 직조해 의미를 정형화시키는 것 사이엔 '잘못했다.'와 '잘못했다고 생각해.' 만큼의 차이가 있었다. 나를 단숨에 나이 들게 하는 것. 내 몸 가장 낮은 곳을 구성하고 있는 무거운 말들은 거의 당신의 목소리를 닮았다. 그래서 좁은 골목길을 걸을 땐, 발이 무거우면 걸을 때마다 쉽게 지칠 텐데. 그런 생각이 들기도 하는 것이다.

# 균형

집 바로 앞에는 수원천이 흐른다. 문을 열고 나가면 30초 안에 도달할 수 있는 거리. 프로 산책러에겐 최적의 조건이라고 할 수 있겠다. 소소와 멀리 나갈 수 없는 날엔 보통 수원천을 걷는다. 오리나 왜가리가 많이 살고, 나름 조경에도 신경 쓴 구간이 많아서 눈이 심심할 틈이 없다. 소소와 나는 삼십오 분쯤 걸어갔다가 되돌아오는 한 시간 십분 코스를 가장 선호한다. 산책은 무리하지 않는 선에서. 보더콜리 견주라면 이 사실을 늘 상기해야 한다.

보더콜리에 대해 잘못 알려진 사실이 몇 개 있다. 이를테면 체력이 무한하다. 같은 이미지들. 애들은 미래의 자신에게서 쉽게 에너지를 빚졌다. 놀 수 있을 때 최대한 놀아야지! 그런 기분으로 막 끌어다 쓴다. 좀처럼 뒷일은 신경 쓰질 않는다. 꼭 내가 그러는 것처럼. 이십 대 초반에 레드불, 레모나, 포카리스웨트를 텀블러에 몽땅 넣고 섞어 마시던 무모함을 닮았다. 해서 어떤 견주들은 몇 시간이고 원반을 던지고, 공을 던지고, 아이들을 뛰게 한다. 어우, 좀 쉬어야 되는 거 아니에요? 하면, 하나같이 우리 애들은 이래도 안 지쳐요. 하고 대답한다. 반만 맞는 말이다. 겪어 본바 애들의 성정을 조금 정정해서 얘기하자면, 무한하다기보단 회복이 빠른 편에 가깝다. 다른 견종들과 비교해서 체력이 좀 많이 좋은 건 사실이지만, 결코 무한하지는 않다. 함께 살아본 결과, 또 많은 보더콜리들을 만나본 결과 도출된 결론이었다. 다만 늘 과흥분 상태를 유지하기 때문에 본인의 체력이 끝났음에도 그걸 인지하질 못했다. 신나니까! 더 놀고 싶으니까! 우리 엄마 아빠가 최고 재밌으니까! 뭐 이런 느낌이다. 보호자가 적당한 때에 끊어줘야 한다. 물도 좀 마시게 하고, 숨도 좀 쉬게 해야 한다. 10분이라도 재울 수 있으면 그렇게 하는 게 가장 좋다. 보더콜리를 잘 키우기 위해선 애들의 체력이 어느 정도나 되는지, 보호자가 먼저 알아야 한다. 늘 주의 깊게 살펴서, 길거리 산책은 대충 이 정도, 공놀이는 이 정도, 운동장 뛰뛰는 이 정도……. 같은 기준을 세워야 하는 거다.

그렇다 보니 소소에게 가장 공들여 알려주는 것 중에 하나는, 휴식과 활동의 균형이다. 휴식이 부족하면 휴식이 부족한 대로, 활동이 부족하면 활동이 부족한 대로 즉각 반응이 오는 녀석이라, 균형을 잘 잡는 게 중요했다. 좀 부지런히 자주 나가기 위해 노력한다. 지금 쉬어도 좀 이따가 또 놀 수 있다는 것. 달리기를 멈추는 것에, 원반을 멈추는 것에 미련을 덜 갖도록 하는 거. 지치면 좀 쉬어도 된다고, 힘들면 잠깐 눈 붙여도 된다고 알려주는 거다.

며칠 동안 비가 많이 내렸다. 비가 오는 날에 산책을 하는 건 보통 힘든 일이 아니라, 좀 신경이 곤두서 있었다. 일기예보에는 '하루 종일 비'라고 적혀 있었으나, 24시간 내내 비가 내릴 수 없다는 사실을 오랜 경험을 통해 알았다. 창밖의 소리에 계속 귀를 기울인다. 잠깐 그치는 틈을 타 나갔다 올 작정이었다. 이런 날엔 보통 수원천을 걷는다. 언제 비가 쏟아져도 곧장 들어올 수 있으니까. 빗소리가 잦아드는 것 같다.

얼마 전엔 산책을 하다가 손목을 접질렸다. 소소가 신이 났는지 징검다리를 폴짝폴짝 뛰어 건너는데, 그게 너무 귀여워서 당기는 대로 따라가다가 미끄러져 넘어진 거다. 징검다리에 올라서기 전에 넘어진 게 그나마 다행이라면 다행이었다. 다행히 부어오르진 않아서, 며칠간 차도를 좀 지켜보기로 했다. 앞에서도 얘기했지만, 역시 병원에 가는 건 괜히 내키질 않는다.

손목의 통증은 집요하게 날 괴롭혔다. 아주 심하게 아프지는 않은 주제에 신경이 거슬릴 정도로만 꾸준히 아팠다. 무언갈 집어 올릴 때나 특정한 각도로 틀어질 때에만 통증이 배가 된다. 계속 그런 걸 신경 쓰다 보니 뭘 하든지 묘하게 손목의 각도가 틀어졌다. 커피를 마실 때나 타자를 칠 때, 문을 열 때도 순간의 머뭇거림이 생겼다. 불쾌한 정적이라고 여긴다. 그러다 어느 순간부터는 팔꿈치가 결렸다. 미묘하게 틀어진 각도에도 이렇게 예민하게 반응할 수 있다는 점에서 좀 놀랐다. 손목을 다쳤다는 말에 양은 "몸조심해. 어디 한군데가 아프기 시작하면, 다른데도 연속적으로 아프기 마련이니까. 나는 요즘 온몸이 다 아퍼." 했다.

뒤틀린 손목과 팔꿈치를 어루만지면서 균형에 관해 종일 생각한다. 어느 한쪽으로 치우쳐져 속절없이 침몰했던 기억들에 관해서.

# 본능

반려동물과 함께 살다 보면 필연적으로 본능에 관해 생각하게 된다. 누구한테도 배운 적 없을 텐데 공통적으로 가지고 있는 습성 같은 거. 처음 그 사실을 실감한 건 배변 훈련을 하면서였다. 화장실을 깔아주고 그곳에 배변을 할 때마다 간식만 주면 끝나는 간단한 일이 아니었다. 안정적으로 습관을 들이기 위해선 소소의 습성을 이해할 필요가 있었다. 그러니까, '왜 이곳에 배변을 해야 하는가?' 란 명제를 충족시켜줘야 하는 일이었다. 강아지는 배변을 할 때 두 가지 본능적 요인을 고려한다. 하나는 같은 장소를 선호하는 '장소적 선택'이고, 또 다른 하나는 발바닥으로 느끼는 바닥의 감촉, '발밑의 선택'이다.

강아지는 배변을 할 때 보호자를 계속 쳐다본다. 쑥스러워서 그런 줄 알았는데, 아니었다. '나는 지금 무방비한 상태야. 도망칠 수 없으니 망 잘 봐줘야 해.' 대충 그런 뜻이라고. 우스운 일이다. 여긴 내 방이고, 그나마 맹수랄 건 나랑 너뿐인데? 그런 귀여운 짓을 보고 있으면 DNA를 통해 대대로 전해져 내려오는 본능이 꽤 강렬하게 남아있다는 걸 인정할 수밖에 없다.

또 뭐가 있을까. 병아리가 달걀 껍질을 깨뜨리고 나오는 행위나, 번데기를 가르고 나온 나비가 날개를 말리고 마침내 날아오르는 일, 부전나비 유충이 개미 유충과 비슷한 냄새를 풍겨 성충이 될 때까지 개미집에서 보호를 받는 일, 7년쯤 산 산란기의 연어가 어릴 때 맡았던 냄새의 흔적을 따라 무작정 폭포를 거슬러 올라가 모든 힘을 소진하고 죽는 일……. 하릴없이 누워 이런 걸 곱씹다 보면, 내게도 먼 과거로부터 이어져 내려온 본능이랄 게 남아있음을 생각하게 된다.

나는 비를 좋아하지.

바다도 좋아하고.

별다른 이유 없이 좋으니 이것도 본능이라고 부를 수 있겠다.

4억 년 전 육지에 쿡소니아라고 불리는 최초의 식물이 올라왔을 때, 바닷속에서도 큰 변화가 있었다. 유스테놉테론이 등장한 것이다. 생경한 이름일 거다. 생경한 이유는 구태여 기억할 필요가 없어서일 테니, 앞으로도 기억하지 못해도 좋다. 유스테놉테론은 길이 1m~1.8m의 기다란 형태를 한 물고기로, 태초의 육지 생물의 원형이다. 태초에 어류 있으라. 그 정도만 기억하면 된다. 그러니까, 유스테놉테론은 어떤 이유에선가 바다를 버리고 뭍으로 올라가야겠다고 다짐한 최초의 물고기였단 거다.

3억 7천만 년 전. 지구엔 하천이 생겨나면서 식물이 번식하고, 거대한 나무들이 숲을 이루기 시작했다. 비로소 뭍에서도 생명이 태동할 준비를 마친 셈이다. 그때의 지구를 상상한다. 그 거대하게 우거진 숲을. 하나의 군집으로 묶여 유기 생명체처럼 나고 자라고 죽기를 반복하는 숲을. 열대 기후로 인해 목이 긴 나무들이 자라고, 습한 공기가 풀이나 곤충의 크기를 크게 키우던 때. 머리가 납작해지고 눈이 위를 향하게 된 어류들은 곧 팔꿈치와 손목뼈까지 얻게 되었다. 뭍에서 숨 쉴 수 있는 호흡기관을 갖게 되었고, 마침내 두 발로 일어서게 된다.

3억 7천만 년의 시간을 관통해 컴퓨터 앞에 앉은 나는 빗소리를 들으면서 무언갈 그리워하고 있다. 이 그리움의 대상이 사람인지, 장소인지, 시절인지, 감정인지, 뭔지 알 수는 없지만, 빗소리를 들을 때마다 어딘가에 잠겨 죽고 싶은 본능은 비단 나만 가지고 있는 게 아닐 거란 위안을 갖는다.

# 여름에 관하여

지금보다 좀 더 어릴 땐 여름을 생각하면, 뜨거운 열정과 불타오르는 사랑 같은 걸 먼저 떠올렸었다. 지금은 좀 다르다. 내게 있어 여름은 녹아내리는 것, 무기력한 것, 걸을 힘이 도무지 나질 않는 것, 뜨거운 볕, 납작하게 붙어버린 것, 그런 식의 무기력함을 수반한다. 창문을 지나 침대가로 떨어지는 볕만 맞아도, 숨이 차다. 녹아내리는 것들을 양팔로 허우적대면서 붙잡고 있는 일에만 온 힘을 다한다. 그것만으로도 충분히 벅차단 느낌, 여름은 그렇다.

덕분에 요즘엔 평소보다 더 무기력하게 보낸다. 씻고, 옷을

골라 입고, 현관문 밖으로 나가기 위해 필요한 시간이 봄보다 명백히 길어졌다. 열을 받아 녹아버린 것처럼, 여름의 시간은 어김없이 축 늘어진다.

잠을 자는 시간도 늘었다. 아침에 잠들어서 정오가 채 못 된 시간에 일어나는 건 똑같지만, 한낮엔 꼬박 두 시간씩 낮잠을 잔다. 소소가 낮잠을 자기 시작하면 덩달아 누워버린다. 그런 식으로 충실히 여름을 낭비한다. 자면서도 나태하다고 느낀다. 악몽을 자주 꾼다. 내게 무슨 일이 일어난 건지 명확히 이해할 수 없지만, 요즘엔 이해할 수 없는 일에도 곧잘 순응하기 때문에, 쏟아지는 잠을 구태여 피하거나 이해하려 애쓰지 않는다. 무언갈 통찰하는 일에 쓰이는 에너지도 아껴야 하는 바람에 종종 치밀어 오르는 궁금증을 에둘러 무마시키기도 한다.

자본주의 사회에서 경제활동을 하지 않으면, 한 사람의 몫을 온전히 해내지 못하는 것 같다는 죄책감에 빠지기도 한다. 도태되었다고 믿기도 하고, 자주 비참해진다. 오늘은 카운터에 서서 심사숙고한 끝에 먹고 싶던 디저트보다 300원 더 저렴한 걸 골랐다. 통장잔고를 생각하면, 역시 그럴 수밖에 없는 거라고 생각했다. 스스로 '나는 이것도 좋아하니까.'라고 생각해버린 게 싫었다. 이런 식의 사소한 문제들이 여름을 만나 나를 점점 더 녹여 없앤다. 또 뭐가 있을까. 나를 좁고, 작게 만드는 숨 막히는 일들. 이를테면, 읽고 싶었던 책을 사지 못하고 서점에서 다 읽고 나오는 일 같은. 책에 사용감을 남기지 않기 위해 페이지를 30도 이상 펼치지 못했지. 좁은 시야를 통해 좋아하는 작가가 창조한 세계를 넘겨 읽는 일은 말할 수 없이 비참한 것이었다.

세계가 좁아질 때는 수평선을 떠올린다. 바다와 하늘이 맞닿은 곳, 누군가들은 수평선이 세상의 끝일 거라고 믿었다지. 나는 지구가 둥글단 사실을 안다. 수많은 과학자가 논리적으로 그것을 증명해냈기 때문에. 나사가 1972년 지구의 둥근 모습을 촬영해 세간에 공개했기 때문에. '때문에'와 '때문에' 때문에. 저곳은 세상의 끝일 수가 없는 것이다. 그럼에도 밤의 바다를 보고 있으면, 하늘과 바다의 경계가 모호해지는 것을 하염없이 보고만 있으면, 얼마든지 저곳이 세상의 끝이어도 좋겠단 생각을 하게 되기도 하는 것이다.

회사에 다닐 땐 주말은 거의 바다 앞에서 보냈다. 주로 부산이었다. 짝사랑도 가까운 사이라고 부를 수 있다면, 나는 광안리의 수평선과 꽤 가깝다고 볼 수도 있는 사이였다. 주중엔 광안리를 앓다가, 주말이면 어김없이 광안리를 찾았다. 풍광 좋은 곳에 자리를 잡고 앉아 읽고 싶은 걸 읽고 싶은 만큼 읽고, 쓰고 싶은 걸 쓰고 싶은 만큼 썼다. 작가의 숙명이랄까. 방랑벽을 그런 식으로 포장하던 때도 있었다. 퇴근하는 것과 동시에 바다로 떠나는 삶. 그야말로 나였다.

느닷없이 바다 이야기를 꺼낸 것은, 내가 요 며칠 바다를 심하게 앓고 있단 증거였다. 주기적으로 파도소릴 들어줘야 하는데, 수평선과 눈 맞춰야 하는데, 통 그러질 못했다. 그렇게 죽고 못 사는 바다를 멀리하는 이유는 말할 것도 없이 죄책감 때문이다. 그러니까, 수익이 일정치 못하다는 죄책감, 자본주의 사회의 구성원이기 때문에 느껴야 하는 죄책감, 잘 팔리는 작가가 아니기 때문에 느껴야 하는 죄책감 같은 거. 여행은 온전히 소비, 소비, 소비로만 이루어지기 때문에 그 죄책감이 더했다. 그런 생각을 하고 있으면 도무지 쉽게 떠날 수가 없는 것이다.

여행에서 얻을 수 있는 것들의 가치를 생각한다. 영감, 글감, 나를 채우고 깨우는 뭐 그런 것들. 소설가에겐 더없이 소중한 자산이 되겠지만, 당장 현금화할 수 없는 자산이란 내가 사는 세상에선 무용지물과 다름없는 거였다. 돈이 없어서 작아질 때마다 내 인생을 내가 온전히 짊어졌다는 걸 실감하고, 그런 실감은 나를 더 외롭게 한다.

바야흐로 여름이다.

여름엔, 돈 없으면 사랑도 맘껏 할 수 없었다.

# 시차

우리 사이에 시차가 없는 건 또 오랜만이네. 조수석 쪽 사이
드 미래를 힐끔 보면서 말했다. 사실은 E의 얼굴을 보고 싶은
거였지만, 대놓고 쳐다볼 용기는 없었다. 그러게요. 대답을 하
는 E는 핸드폰을 내려다보고 있었다. 핸드폰 화면은 잠겨 있었
고, 카카오톡 메시지가 도착했음을 알리는 알림이 세 갠가, 네
갠가 떠 있었다. E는 구태여 그것을 열어보지 않았다. 나는 E의
답장을 기다리던 시간을 잠깐 떠올린다. 그녀가 머무르던 도
시의 시간과 나의 시간이 첨예하게 다르단 걸 실감하게 만드
는 침묵들. 메시지가 몇 개의 국경을 단숨에 넘어 그녀에게 도

달할 때까지 나는 숨도 쉬질 못했다. 여전히 잠겨있는 핸드폰 화면과 메시지가 도착했음을 알리는 알림과 그걸 내려다보는 E. 핸드폰은 열리질 않는다. 어쩌면 내게도 이랬을까. 시차와는 상관없는 거였나. 참담했다. 라디오에선 때마침 Tom Misch의 Movie가 나온다. 언젠가 E와 "그래도 우리, 취향은 잘 맞을 것 같지 않아요?" 따위의 대화를 나누었을 때 회자된 적 있는 노래였다. 일정한 주기로 오가는 와이퍼 소리가 묘하게 박자를 깨뜨리고 있었다. 아주 약간만 느리게 움직여주면 좋았을 테지만, 맘처럼 되진 않는다. E는 말없이 눈을 감고 차창에 머릴 기댔다. 어쩌면 가사를 곱씹고 있는 걸지도 몰랐다. 여름 냄새가 난다.고 생각한다.

Does my record still hang on your wall
내 앨범은 아직 벽에 걸려있니?

Such a sentimental way to groove
꽤 감성적인 노래가 담겨있다고 생각하는데

I hope it still touches you
그게 여전히 네 마음을 움직일 수 있었으면 좋겠어

Baby come back to me, come back to me
내게 돌아와 줘

가만히 노래를 듣고 있던 E가 입을 열었다. 프랑스에 체류하는 동안 내 책을 몇 번인가 반복해서 읽었노라고. 해외에 오래

나가 있으면, 문득 한글이 사무치게 그리워지는 순간이 한 번씩 오는데, 그럴 때마다 알약처럼 복용했다고. 고요한 목소리로 털어놓았다. 나는 E의 목소리에서 미묘한 시차를 느꼈다. 7시간 전에 이미 지나온 순간을 다시 사는 것처럼, 과거를 향해 있는 것처럼 들렸다.

'내 책은 아직 벽에 걸려있니? 꽤 감성적인 글이 담겨있다고 생각하는데 그게 여전히 네 마음을 움직일 수 있었으면 좋겠어.'

가사를 내 멋대로 바꿔서 곱씹다가, 좀 서글퍼진다. 나의 글은 이제 E를 울리지도, 설레게 만들지도 못할 거였다. 그런 생각은 어김없이 나를 깊은 곳까지 침전시켰다. 물 냄새. E가 작게 중얼거린다. 교차로 하나를 건너는 동안 숨을 참아 본다. 무의미한 짓이다. E는 다시 눈을 감았다. 카페까지는 앞으로 8분. 아마 도착할 때까진 눈을 뜨지 않을지도 모르겠다고 섣불리 넘겨짚는다.

카페 콜링우드는 E가 찾아본 곳이었다. 꽤 좋은 커피머신을 사용하고, 휘낭시에가 맛있기로 소문난 곳이라고. E는 프랑스에 체류하는 동안에도 틈틈이 한국의 식당과 카페를 리스트 업했다. 일종의 버킷리스트였다. 나는 그것이 E가 타지에서 외로움을 견디는 방식의 하나였을 거라고 짐작했다. 어차피 곧 한국으로 돌아갈 거라고. 돌아갈 수 있을 거라고. 삼 년간의 지긋지긋한 출장이 연장되는 일은 결코 없을 거라고. 스스로에게 확인시키려는 거였다.

　"솔트 휘낭시에 괜찮아? 커피는 따듯한 거지?"

　E가 물었다. 나는 대답 없이 고개만 끄덕였다. 사실 뭐가 어떻든, 뭘 먹든 이런 건 내게 별로 중요한 게 아니었다. E가 고독을 갈아 넣어 작성한 버킷리스트를 충실히 지워가는 것. 그것에만 집중하면 될 일이었다. 나는 그녀의 고독에 일말의 책임감을 느끼고 있었다. 어쩌면 프랑스 생활이 더 외롭고, 고독했던 것에 내가 일조했을지도 모른다는 죄책감이었다.

　E와의 연애는 좀처럼 순탄한 적이 없었다. 더 정확히 말하자면, 가까웠던 적이 없었다.고 적는 게 형편에 맞았다. 내겐 그 말이 그 말처럼 느껴진다. 우리의 연애가 순탄치 못했던 것의 8할은 우리 사이에 너무 많은 공간이 존재한단 사실 때문이었다.

　어떤 날에는 우리가 꼭 우　　　　　리처럼. 결코 붙어있을 수 없는 글자처럼 굴었다.

　E의 버킷리스트는 이제 막 2/3지점을 지나고 있었다. 앞으로

두 달이면 모든 리스트가 지워질 것이고, 그렇게 된다면 나는 그녀에게 빚진 고독을 얼마간 갚는 게 되는 셈이었다. E는 그 날만 기다리고 있는지도 몰랐다. 갚아야 할 고독을 다 갚을 때까지, 나를 봐주지 않을 셈인지도. 어쩌면 이미, '버킷리스트를 다 지우고 나면, 헤어지자고 말해야지.' 하고 마음을 굳혔는지도 모를 일이다. 우산 밖으로 삐져나온 어깨가 자꾸만 아픈 소릴 낸다.

# 의미

굴러다니는 연필이나 볼펜을 보면 그냥 둘 수가 없다. 일단 잡게 된다. 엄지와 검지, 중지에 연필을 끼우면, 꼭 언젠가 잊어버렸던 게 제자리로 돌아온 것처럼 안도를 느낀다. 그 뒤엔 영수증이나 티슈, 메모지 할 거 없이 무언갈 끄적이게 되는데, 거기에는 아무런 목적도, 의미도, 방향도 없다. 단어와 단어, 냄새와 이름, 계절, 그리운 시절의 온도와 습도 같은 걸 마구잡이로 적는다. 의식을 반쯤 빼놓고 한 번도 겪어본 적 없는 일을 기억처럼 적다 보면, 어쩐지 그리운 날의 일기처럼 느껴지는 바람에 티슈나 영수증, 커퉁이를 찢은 메모지 같은 걸 쉽게 버릴 수가 없다. 꼭 스물아홉 무렵에 당신의 자취방에서 휘갈기던 시 같다. 그렇게 꾸역꾸역 들고 온 기억들은 정리되지 못한 채로 한참이나 머리맡에 방치된다. 아니, 방치라는 단어는 적절치 못하다. 손 쓸 수 없다는 말이 좀 더 그럴듯하겠다. 그래, 어떤 기억들은 나를 속절없이 무력하게 만든다. 이 편린들은 내가 사는 세상에선 결코 실존한 적이 없기 때문에, 시간의 흐름에 순응하여 정리할 수도, 원인과 결과를 따져 물을 수도 없는 것이다.

당신을 떠올린다. 경복궁 돌담길을 걸으면서 시간의 불연속성에 관해 이야기 나누던 날, 오늘 죽어 어제 태어날 수도 있을 거라던 말, 구름 사이로 겨우 보이던 초승달, 소설의 문장으론 끝내 정리되지 못할, 당신을 함의하는 기억들. 애초에 우리는 티슈, 메모지, 영수증, 귀퉁이가 찢어진 메모장에 의미 없이 쏟아진 글자처럼, 겨우 그 정도의 성의로 빚어진 사이일 수도 있지 않을까. 그래서 당신의 이름 앞에선 속절없이 무력해지는 건 아닐까. 생각한다.

"당신이 그냥 의미인 거지 나한테는. 의미는 목적이고 속성이니까."

당신은 말한다. 나는 '의미'의 '의미'를 생각한다. '잠'이 'sleep'과 같은 의미인 것처럼, '사과'가 'apple'

과 같은 의미인 것처럼, 그러니까, 다르게 적어도 의미는 같을 수 있는 것처럼, 그 무렵의 당신은 '내 이름'과 '사랑'을 같은 의미로 취급하고 있었다. 그러므로 나는 얼마든지 목적도, 속성도 될 수 있는 것이다. "사랑해" 나는 대답한다.

어딘가에 정리해 놓은 당신의 시를 오랜만에 꺼내 읽는다. 의미는 종종 시간이 흐름에 따라 의미변화를 겪는다지. 어떤 글자는 '그리움'으로, 어떤 글자는 '처연함'으로, 또 어떤 글자는 '다시없을'로 치환되었다. 나는 당신의 시가 훼손된 건지, 깊어진 건지 판단할 수 없다. 당신의 이름이 언제까지 내게 사랑일 수 있을까? 자문한다. 모서리가 많은 글자들이 읽는 내내 연한 살갗을 찌른다. 보이지 않는 곳에 아물지 못한 상처들이 아직도 많았다. 나를 폐허로 살게 하는.

두서없이 놓인 메모를 몇 개 주워 노트에 옮긴다. 오늘은 뭐든 써야만 했다. 적당한 주제로 그것들을 꿰뚫고 싶어도 마땅한 게 잘 떠오르질 않는다. 당신의 문장을 과식한 날이면 어김없이 속이 더부룩해진다. 좀처럼 소화되지 않는 글자가 지나치게 많다고 여긴다. 나는 그것들을 곱씹고 있다. 그런 이유로 새로운 문장을 지어낼 기력이 내겐 남아있지 않다. 당신은 어디쯤에 있을까. 가끔 나누던 농담을 생각한다. "오늘이 몇 년도입니까? 하얼빈역은 어디로 갑니까?" 그럼 당신의 검지는 어김없이 내 뒤편을 가리키고, "1905년입니다." 하는 대답이 그림자처럼 따라 나온다.

소리를 잃은 의미들이 이미지만 남아, 고요의 바다 위를 가만히 표류한다. 오늘은 한 문장도 적지 못하겠구나. 예감한다.

# 산책

요즘엔 정처 없이 걷는 일을 즐긴다. 퇴사하고 프리랜서가 되면서 시간이 많아진 탓이다. 물론 매일 소소를 산책시켜야 한다는 사명감도 크게 한몫을 했고, 주기적으로 무언갈 하다 보니 습관처럼 굳어진 것도 한몫을 했다. 어딘가에 도달하기 위해서가 아니라 오로지 걷기 위해 걷는 행위는 여유를 수반한다. 가끔 벤치에 앉기도 하고, 커피를 한 잔 뽑아 먹기도 하면서 시간을 죽인다. 요즘의 일과는 보통 시간을 죽이는 것에 초점이 맞춰져 있다. 그간 통 쉬질 못했으니, 이번 기회에 푹 쉴 작정이다. 한국 사람들은 잘 쉬질 못한다. 휴일에도 '잘' 쉬기 위해 계획을 세우고, 어딘가로 떠난다. 굳이 꾸역꾸역 지겨운 교통체증에 뛰어든다. 아무것도 하지 않은 주말 밤엔 전전긍긍하면서, 꼭 주말 간 생산적인 활동의 할당량을 배당받은 사람처럼 군다. 이상한 일이다. 스스로를 착취하는 일에 지나치게 너그럽단 생각을 한다. 그냥 다 내려놓고 쉴 시간도 모자라야 정상 아닌가?

산책을 하다가 생각이 많아지면 자주 멈춘다. 메모를 하기도 하고, 생각만 하다가 그치기도 한다. 산책할 때만큼은 대단한 무언가를 적어내야 한다는 강박관념에서도 벗어나기로 한다. 앉은 자리에서 인스타그램이나 유튜브를 한참 들여다보기도 한다. 별별 사람 다 있구나. 진짜 대단하다. 그런 생각을 하면서도 조바심은 느껴질 않는다. 그 사람들은 그 사람들대로, 나는 나대로 살면 그만이다. 삶의 다양성을 받아들이는 중이다. 시간은 잘 확인하질 않는다. 산책을 할 때는 최대한 게으르게 움직이기. 이게 내 유일한 규칙이다. 조급한 마음은 쓸데가 없다. '정처 없음'은 느린 걸음에 정당성을 부여한다. 원하는 방향으로 원하는 만큼 걸을 수 있으니 만족도가 높을 수밖에 없다. 목적이 없으면 얼마든지 게으름 피워도 괜찮다는 사실을 매일 하는 산책을 통해 실감한다. 나이를 먹고 걷는 게 점점 좋아지면서, 집 근처에 개천이 흐르는 건 좀 행운이라고 여긴다. 현관

문으로부터 대충 30걸음만 걸으면 수원천에 도달할 수 있다.

수원천을 따라 계속 걷다 보면 오래지 않아서 화성 행궁에 도달하게 된다. 보통은 40분쯤 걸린다. 도로변으로 걷는 것보다 훨씬 쾌적해서, 요즘엔 좁아졌다가 넓어졌다가를 무던히 반복하는 산책로를 매일 걷는다. 자주 마주치는 얼굴들이 생겼다. 며칠 만에 보면 가끔은 반갑기도 하다. 인사를 건넬 만큼 사교성이 좋지는 않아서, 잠시간 차림새를 살펴보는 것으로 인사를 대신한다. 근데 소소는 좀 다르다. 거침이 없다. 마주친 적이 있든 없든 간에 일단 다가가서 코를 문댄다. 덕분에 보호자들과는 어색하게 인사를 나누는 사이가 됐다. 낯선 사람들과 사적인 대화를 나누는 건 여전히 고역이지만, 소소가 코를 문대고 있으니 어쩔 수 없이 하긴 해야 한다. 그게 견주 된 도리라고 믿는다. 지금은 그 시간이 마냥 불편하지만, 언젠간 이것도 내 삶에 긍정적인 변화를 줄 수 있을 거라고. 생각하기로 한다. 그렇게 생각하면, 그 어색한 시간이 조금은 견딜만한 성질의 것으로 느껴진다.

행궁에 도착하면 별안간에 넓은 공터가 펼쳐진다. 현대식 건물과 성벽이 공존하는 동네. 나는 행궁동의 온화한 분위기를 좋아한다. 괜히 걸음이 느려지고, 입이 무거워진다. 막연히 누군가의 잘못을 흔쾌히 용서하고 싶은 기분이 된다. 고궁이나 성벽, 한옥같이 오래된 것들엔 사람을 온화하게 하는 정취가 깃든다. 어쩌면 단지 나와 주파수가 맞아서 일지도 모르고. 뭐 아무튼 간에, 행궁을 걸을 때의 나는 한없이 너그러워진다. 지나치게 너그러운 바람에 용서하면 안 될 것을 용서하기도 하는 것이다.

지난 주말엔 눈여겨보던 카페에서 커피를 마셨다. 원랜 애견 동반이 안 되는 카페인데, 매일 오가며 눈도장을 찍은 덕에 사장님이 흔쾌히 소소와의 동석을 허락해 준 거다. 아몬드 아인슈페너를 시키고 자리에 앉아 꽂혀있는 책들을 살핀다. 거의 본능적이다. 책장은 한 사람을 대변한다고 믿으니까. 나와 어울리지 않는 책들을 정리하는 게 좀 쉬워졌다. 소소는 웬일로 발치에 앉아 얌전하다. 이런 곳에 오면, 너도 조금은 온화해지고 싶은 마음이 들기도 하는 거니? 물어보지만 대답은 없다. 대신 턱을 괴고 하품을 한다. 늘어지게 기지개를 켜기도 하고, 가끔씩만 올려다본다. 꽤 편안한 모양이다. 그럼 나는 소소의 큰 귀를 쓰다듬으면서, 그래, 너는 구태여 너를 증명해야 할 이유도, 목적도 없으니 평생 그렇게 편안하기만 해라. 한다.

평화롭다고 생각한다.

# 숲뿌리해파리

글을 쓰다 보면 가끔 참을 수 없는 간지러움 같은 걸 느낀다. 전생에나 가지고 있던 꼬리가 간지러운 것 같단 착각. 이젠 가지고 있지 않기 때문에 해소할 수도 없다고 생각한다.

두서없이 떠오른 단어를 곱씹는다. 자음이나 모음의 형태가 모호하다. 대충 이런 발음이었던 거 같은데, 무슨 뜻이더라. 모호한 기시감에 의존한 채로 단어의 정체를 찾아 밤낮으로 헤매인다. 간지러움이 심해진다. 더이상 견딜 수 없어질 무렵엔 그런 단어는 세상에 없단 사실을 그만 인정해야 한다. 어떻게 그럴 수 있는 건지 여전히 이해할 순 없으니까, 인정은 체념을 함의한다. 어쩌면 소실된 걸지도 모르겠다고 짐작한다. 누군가의 실수로 영영 소실된 단어의 실마리를 겨우 잡은 거라고. 이제 이 세상에서 그 단어를 어렴풋이나마 기억하고 있는 건 나하나뿐일지도 모르겠다고. 누구도 기억하지 못하게 된 단어들의 바다. 모든 소실된 것들의 바다. 고독이 파도처럼 밀려온다. 축축한 단어들이 소매 끝을 적실 때마다 좀 먹먹해진다. 전생에나 가지고 있던 꼬리처럼, 나는 자꾸만 어딘가를 향해 흔들리고 싶다.

당신은 모든 소실된 것들의 바다에서 태어난 숲뿌리해파리. 이름을 가지고 있는 건, 내가 그렇게 부르기로 했기 때문이라지. 다른 이유는 없었다. 계, 문, 강, 목, 과, 속 같은 건 중요하지 않았다. 당신은 소실된 것들의 바다에 사니까. 나는 먼 옛날 누군가가 잃어버린 꼬리에 불과하니까. 별처럼 반짝이는 촉수가 뿌리처럼 물살을 가른다. 어쩌면 언젠가 아름다웠던 적이 있었을 해초들이 날 따라 흔들린다. 사랑에 인색하지 않겠단 맹세를 이젠 지키고 싶지만, 나는 자꾸만 가라앉고, 당신은 유일하게 이름을 가진 숲뿌리해파리.

잠에서 깨어난 나는 어쩌면 잃어버렸을 것에 영문 모를 그리움을 느낀다.

# 타인의 고통

타인의 고통을 이해할 수 있다고 믿는 일은 어리석다. 직접 경험해보지 못한 고통에 관해 우리는 그저 어렴풋이 짐작할 수만 있을 뿐이다. 상상력은 무한하다고 하지만, 어차피 내가 상상할 수 있는 영역이란 거, 기존에 알고 있던 지식의 범주 내에서 크게 벗어나지 못할 게 명백하니까. 그러므로 "네가 얼마나 힘든지 알아." 같은 말은 하지 않는 편이 낫다. 최소한의 이해를 동반하지 못하는 공감은 좀 폭력적이라고 여긴다. 러닝머신 위에서 42.195km를 달리는 것과 실제 마라톤을 완주하는 일이 완벽히 다른 것처럼, 경험해보지 못한 괴로움과 나 사이엔 넘겨짚을 수 없는 벽이 있다.

그런 연유로 J가 내게 건넨 위로는 러닝머신 위에서 하는 헛발질과 비슷한 거였다. 그러므로 나는 동감해줄 수가 없는 것이다. 일말의 위로가 될 수 없음이 자명한 것이다. J는 본인의 경험에 빗대어 나의 괴로움을 속단하고 있었다. 그런 생각이 머릿속을 떠나질 않는다. 그러나 J는 몇 가지 사실을 간과하고 있다. 내가 생각보다 그녀를 더 많이 사랑하고 있다는 것, 태연한 체 굴지만, 며칠 밤낮으로 앓았다는 것, 함께 하고 싶은 미래를 많이 그렸다는 것. 나는 이것들을 J에게 들키지 않기 위해 무던히 애썼다. 애써야 했다. 그러므로 J는 내가 가진 괴로움의 형태를 명확히 인지할 수가 없는 것이다. 없어야 했다.

각자가 짊어져야 하는 괴로움에도 몫이 있다면, 그냥 짊어지면 될 일이었다. 구태여 타인에게 이해받을 필요는 없는 거다. 그렇게 생각하면 마음이 조금 편하다. 이해받지 못해 괴로울 일도, 공감해주지 못해 비난받을 일도 없이 그저 주어진 만큼만 힘들면 될 일이니까. 딱히 대꾸할 말을 찾지 못해 허공만 맴도는 시선이나, 조건반사 같은 동정은 기만이라고 느낀다. 나누면 반이 된다는데, 나누기 위해 필요한 에너지는 나누는 쪽에선 좀처럼 책임을 지질 않는다.

그런 의미에서 쉽게 위로의 말을 건네지 않는다. 어지간해선 이해하는 척도 하질 않는다. 이것이 J와 내가 가진 견해의 차이였다. J의 태도를 생각하면서, 비슷한 상황에 놓였을 때 나도 뭔가를 말해줬어야 했나. 그런 생각을 한다. 이를테면 괜찮냐고 되묻는다거나.

언젠가의 일을 떠올린다. 일방적인 분노를 고스란히 얻어맞고, 이해를 강요받은 날. 일정분량의 원망은 응당 치러야 하는 값으로 느껴지지만, 이해는 얘기가 좀 다르다. 내가 그녀의 아픔을 이해하는 척하는 것은 명백한 기만이다. 좀 곤혹스럽다고 느낀다. 속 편하자고 착한 인간인 체하면서 한때 좋아했던 사람을 기만할 수는 없는 노릇이었다.

# 상처

주방을 정리하다가 컵을 깨뜨렸다. 검지 손가락 끝을 베었다. 아물 때까진 한동안 계속 신경 쓰일 거다. 아파서, 혹은 아플까 봐서. 어떤 날에는 상처로 인해 날 아프게 했던 누군가를 떠올리기도 하고, 또 어떤 날에는 누군가의 상처가 되고 싶단 생각을 한다. 오늘의 나는 누군가의 상처가 되고 싶다. 끝내 아물지 않는 한구석. 자꾸 아려서, 아릴까 봐서 오래 신경 쓰이는 상처가 되고 싶다. 끝내 아물지 않기를, 그 상처로 인해 계속 아프기를. 이기적인 생각을 하기도 하는 것이다.

4

그리운 누군가가
근처에 산다

# 애틋할 수 있는 유일한 방법은

짧게 사랑하고 오래 아프자고 말했지. 애틋할 수 있는 유일한 방법은 중간에 끊어내는 것뿐이라고. 아, 나도 다시 누군가에게 사랑을 말할 수 있을까? 당신이 가져간 것과 두고 간 것으로 온통 넘쳐서 내 세상은 늘 소란하다가 고요하다가 그래.

# 어쩌면 나는 계속 뒤돌아 걷고

 

12월엔 괜히 센치해진다. 이별한 적 없이 이별한 사람마냥 굴게 되고, 지난날을 의미 없이 곱씹으면서 그제야 아쉬운 체한다. 연말이란 단어는 사람들 뒤돌아 걷게 만드는 힘이 있다. '연말'은 아쉬움, 미련을 함의한다. 일 년만큼 열심히 걷고, 다시 돌아가고, 다시 일 년만큼 열심히 걷고 되돌아가고. 더 열심히 산 몇몇 사람만 이 굴레를 벗어날 자격을 얻게 된다. 난 결코 그들만큼 열심히 산 적이 없기 때문에, 아직 이십 대 중반 언저리에 머물러 있을 수밖에 없었다. 한 장 남은 달력을 보면서 곧 다가올 해를 생각한다. 2020년. 60년 만에 돌아온 경자년. 1960

년 경자년엔 어떤 일이 있었니. 메모장에 경자년 경자년 무의미하게 적고 있는 걸 보고 윤이 물었다. 글쎄, 이승만 대통령이 하야했고, 대한민국 제1공화국이 무너졌지. 그러자 윤은 1960년엔 신생아가 몇 명 태어난 줄 아니. 자그마치 백만이다. 백만. 했다. 응, 그래? 윤이 어떤 의도를 가지고 그런 소릴 했는지 잘 모르겠어서 그냥 대충 대꾸하는 수밖에 없었다. 다행히 윤은 토 달지 않았다. 분석에 따르면 2020년 경자년엔 출생아 수가 28만을 겨우 넘길 것 같다는데, 이는 60년 만에 한 해 태어나는 사람의 수가 사분의 일로 줄어들었단 뜻이었다. 윤과 나는 1988년에 태어나는 바람에, 우리에게 1960은 너무 먼 과거였고, 2020은 아득히 먼 미래일 수밖에 없었다. 그맘때의 시간은 그런 속도로 흘렀다. 영영 2020년 같은 거 오지 않을 것처럼, 막연한 미래처럼, 토성의 고리 위에 주거단지를 건설하는 일처럼, 종교적 신념처럼. 그런 게 필요한 시절도 있었다. 글을 적고 있는 오늘은 2019년 12월 26일. 막연한 체 굴어도 결국 시간은 흐르기 마련이라 어영부영 2020년에 도달하긴 도달한 거다.

"난 2020년쯤엔 명왕성에 살고 있을 줄 알았어. 휴가철엔 남들처럼 토성의 고리로 휴가를 떠나고."

윤이 말했다. 행성 중에 하나를 골라 살 수 있다면, 우리 같은 사람은 응당 명왕성에 살 거다. 그러니까 내세란 게 만약 있다면. 우리가 2020년에 다시 태어날 수 있다면, 어쩌면 우린 명왕성에서 조우하게 될지도 모를 일이었다.

돌이켜 생각해보면 국민학교 때는 자주 '미래 도시 그리기' 같은 걸 했었다. 칠판엔 당연히 그곳에 있어야 하는 것처럼 2020이란 글자가 적혔다. 미래 하면 2020. 2020 하면 미래. 그런 말을 수학공식처럼 외웠다. 아이들은 날아다니는 자동차, 수중도시, 홀로그램, 인조인간, 우주여행선 같은 걸 아무 계획 없이 잘도 그렸다. 2020년쯤엔 당연히 그래야 하는 것처럼 그랬다. 개중엔 토성의 중력이 지구보다 약해서 우주로 이주한 사람들은 2m도 넘게 자라고, 뼈가 물러진단 식의 설정을 덧붙이는 녀석도 있었다. 어쩌면 걔는 정말 미래에서 왔을지도 모를 일이지. 윤은 웃었다. 그러게 명왕성은 어떤지 물어볼 걸 그랬네. 내가 말했다. 그때의 어른들은 아이들의 그림을 보고 어떤 생각을 했을까. 1960년에 태어난 100만 명의 어른 중에 몇 명이나 2020을 열병처럼 앓았을까. 모를 일이다. 그거 아이들에게만 유행한 열병은 분명 아니었다. 그런 연유로 2020은 내 또래들에게 원더키디나 블레이드 러너, 로보캅을 떠오르게 하고, 나는 자주 하늘을 올려다본다. 인류는 명왕성은커녕 달에도 다시 가질 못한다. 그런 걸 보면 이십 년 뒤에도 우릴 둘러싼 세상은 크게 달라지지 않을 것 같다. 어쩌면 나는 계속 뒤돌아 걷고, 여전히 맥도날드에 설치된 키오스크가 답답하게 느껴질 수도 있다.

마침내 2020에 도달한 건 내게 큰 의미를 갖는다. 뒤돌아 걸었던 몇 년의 시간을 단숨에 좁힐 수 있을 것도 같았다. 2020은 그런 게 얼마든지 가능한 곳일 테니까. 그런 믿음만 있다면 얼마든지 그럴 수도 있는 것이다.

그럼 명왕성 같은 단어도 사멸하지 않고 살아남을까. 윤은 내게 살아남을까. 하고 물었다. 그럼 당연하지. 걔는 유구한 시간 동안 살아남았으니 앞으로도 그럴 거다. 대답하고 우린 한참 말이 없었다. 살아남을까. 그런 소리가 자꾸만 맴돌았다.

# 이대로라면 나,
# 누구와도 사랑할 수 없을 텐데

언제 또 새로운 사람을 만나서 알아가고, 가까워지고, 사랑에 빠지고, 맞춰가고, 지지고 볶다가, 이별까지 하지? 그런 생각을 하면 삶이 지나치게 길었다. 그럭저럭 버틸만했던 월화수목금토일이 갑자기 열을 받아 늘어진 테이프처럼 축 처져 미지근한 소릴 내는 거다. 가뜩이나 지겨운 삶이 기한도 없이 늘어나 영영 나의 메마른 감정을 *랄렐탄도로 고문할 것만 같았다. 사랑 없는 삶을 살고 있지만, 사랑 없는 삶이라니. 하고 되뇌면 갑자기 삶을 대하는 태도가 생소해진다. 사랑했던 기억을 끄집어낸다. 다시 누군가를 그렇게 사랑할 수 있을까 고민한다. 음, 이젠 그것마저도 생소하다. 영 까마득하니 자신이 없는 거다. 과도 기란 그런 법이다. 과거에도 현재에도 온전히 머무를 수가 없다. 그래서 괴로운 거지. 기약 없는 미래를 기약해야 하므로. 그래도 아직 따뜻한 곳이 한군데 정도는 남아 있진 않을까 기대하면서 몸 이곳저곳을 더듬는다. 그럴수록 애꿎은 목울대만 뜨끈하게 달아오른다. 이십 대의 불같던 감정들은 진작에 소진되어 사라졌지만, 아직 타고 남은 것이 몸의 한구석 어떤 부분엔 남아 있는지도 몰랐다. 내가 가질 수 있는 온기라곤 이제 그런 것밖에 없는 건가. 과거에 머무르는 온기를 끌어다 쓰는 거 이젠 한계다 싶었다. 이것마저 포기해버리면 나는 정말로 사랑 없는 삶에 안착하게 되는 것이다.

이대로라면 나, 누구와도 사랑할 수 없을 텐데.

싶었다.

11월의 어느 날이었다. 볕 좋은 카페에서 커피를 하다가 옆자리를 돌아봤는데 그 애가 있었다. 아 맞다. 나 연애하기로 했지. 커피잔을 내려놓고 그 애의 손을 잡았다. 손가락을 톱니바퀴처럼 틈 없이 맞물려 잡으면서 나보다 뜨거운 체온을 가진 사람은 처음이라고 생각했다. 그리곤 첫눈은 언제쯤 오려나,

이번 주말엔 뭘 하지, 다음 주말엔 또 뭘하지, 이번 겨울엔 한 번쯤 여름 나라로 여행을 가면 좋겠는데, 그 전에 일단 제주도 먼저 다녀오고. 아, 그래 제주도에 가서 고등어 회를 먹어야겠다. 가만, 근데 얘가 회를 좋아하던가? 얘가 나에 대해 잘 모르는 만큼 나도 얘에 대해 아는 게 별로 없구나. 같은 걸 차례로 생각했다. 근데 이상하게도 서로 알아갈 게 많단 사실, 별로 싫지가 않았다. 나도 모르게 '알아갈 시간은 많으니까.' 그런 생각을 하고 있는 거다.

누군갈 좋아하는 일은 그렇다. 귀찮고 지난하게만 느꼈던 그 모든 과정이 얼마든지 감내할 수 있는 성질의 것으로 바뀌는.

*점점 느리게

# 캔들 이름이 뭐예요? 너는 묻는다

나무 태우는 소릴 좋아한다. 타닥타닥. 잘 들어보면 가끔 뭐가 튀는 소리도 나고, 재가 돼서 부서져 내리는 소리가 나기도 한다. 요즘 캔들에는 실로 된 심지 대신 나무로 된 걸 심기도 한다. 그걸 켜 놓으면, 타닥타닥. 그런 소리가 난다. 작고 불규칙하게, 그러나 싫지는 않다. 그야말로 백색소음. 게다가 기분 좋은 향까지 난다. 싫어할 이유가 없는 거다. 근처에 가면 좋은 향이 나는 사람을 좋아한다. 향을 좋아하는 사람도, 좋아하는 향이 뚜렷한 사람도, 그 향을 내게 선물하는 사람도, 나는 좋아한다. 내게 캔들을 준 사람들을 생각한다. 그걸 켜 놓고 글을 쓰면서 내게 캔들을 건네준 의중을 이제야 떠보려 애쓴다. 그때 물어봤더라면 우린 달라졌을까? 가끔은 그런 생각도 하면서. 다시 타닥타닥. 오늘의 캔들은 미드나잇 쟈스민, 좀 밝은 향이 난다. 이름과는 어울리지 않는다고 생각한다. 다시 타닥타닥. 넌 대체 무슨 생각으로 이걸.

나무 태우는 소리는 군대에 있을 때 많이 들었다. 혹독한 추위로 유명한 철원에서 복무를 하는 바람에, 야외 훈련이라도 하는 날엔 꼼짝없이 불을 피워야 했다. 아니 불을 피워야 살 수 있었다. 땔감이 될 만한 나무를 적당히 고르고, 라이터 기름을 뿌린 뒤에 종이에 불을 붙여 던져 넣는다. 불이 붙을 때까지 후후 불거나, 적당히 탈만큼의 종이를 계속 넣는다. 일단 불이 붙으면 그때부턴 거리 조절을 해야 한다. 너무 멀면 얼어 죽을 거고, 너무 가까우면 매캐한 냄새를 들이마시게 되거나, 화상을 입기 십상이다. 생각해 보면 어릴 땐 교실 중앙에 놓인 난로에 바짝 앉는 바람에 패딩을 태워 먹는 애가 많았다. 검게 눌어붙은 패딩에서 나는 매캐한 냄새가 교실을 진동하면, 너나 할 거 없이 자기 패딩을 살폈다. 어릴 땐 누구든 거리 조절 같은 거 잘 못 하기 마련이니까. 패딩 한, 두 개쯤 태워 먹을 수 있다고 생각한다. 음, 사실 나는 아직도 거리 조절이 어렵다. 무언갈 좋아하기 시작하면 그쪽으로 삶이 온통 기운다. 자전축이 통째로 바

뀐 사람처럼 군다. 머리로는 적당히 해야 하는데. 하면서도 이
감정을 좀처럼 주체할 수가 없는 거다. (그런 생각을 하는 와중
에도 캔들은 타닥타닥.) 그래서 사람들한테 일부러 거리를 둔
다. 내 친절이 부담스럽다고 느끼는 것보단, 저 사람 좀 치근댄
다. 그런 소릴 듣는 것보단, 차라리 그편이 낫다. 나을 것이다.
낫겠지 아마. 살수록 혼자가 되는 기분이 되는 거, 그냥 기분 탓
만은 아니다.

학교 건물 뒤편에 난로를 태우기 위한 장작을 쌓아놓던 곳
이 내 인생 첫 아지트였다. 학교가 끝나면 가시가 박히면서까
지 굳이 굳이 혼자 거길 기어 올라가 숨겨 온 만화책을 읽고, 우
유도 마시고 뭐 그랬다. 그러게, 인지하지 못했는데 어릴 때부
터 구석진 곳에 기어들어 가는 걸 좋아했었나 보다. 아직도 그
런 공간이 절실한 거 보니, 태생이 히키코모리 기질에 가까운
건지도. 같은 맥락에서 연남동에 있는 작업실은 숨통이 트이는
몇 안 되는 곳이다. 커튼을 닫고 혼자 앉아서 글을 쓰는 시간이
좋다. 내겐 이런 시간이 주기적으로 있어야 한다고, 새삼 실감
한다. 좋아하는 음악이 나오고 있다. 전등 대신 스탠드와 캔들
만 켜 놓았다. 조리도구도 다 가져다 놨기 때문에, 맘 내키면 얼
마든지 파스타 같은 걸 해 먹을 수도 있을 거다. 잠깐 동안 내
일을 생각하지 않기로 한다. 삶이 평화롭다고 느낀다. 내게 닥

친 문제들을 하루쯤 외면해도 크게 더 망가질 건 없을 것이다. 타닥타닥. 네가 문을 열고 들어온다. 여기에 앉아 있으면 손님을 맞아도 좀 여유로운 체 할 수 있다. 타닥타닥. 내가 실수로 거리 조절을 못 해도 그러려니 할 거라고 믿게 된다. 이 작고 따듯한 공간에서만큼은 나를 대하는 사람들의 태도도 좀 너그러워질 테니까. 그냥 그렇게 생각하기로 한다. 타닥타닥. 평수가 넓지 않아서 캔들 하나만 켜 놓으면 금방 따듯한 향이 사방에 밴다. 어쩌면 여기저기 스며있던 향이 때맞춰 녹아 나오는 걸지도 몰랐다. 타닥타닥. 향이 참 좋네요. 캔들 이름이 뭐예요? 너는 묻는다.

# 여의도의 야경

　단조로운 삶이다. 어제 했던 일을 오늘 또 한다. 요즘의 일과라고는 글을 쓰거나 파스타를 해 먹거나 소소와 산책을 하거나… 뭐 그 정도가 전부다. 퇴사를 하자마자 코로나19가 유행하면서 의도치 않은 선택과 집중을 하게 된 거다. 어떤 부분에선 썩 나쁘지 않다. 소소랑 많이 가까워지게 되었고, 아무것도 하지 않은 채로 하루를 낭비하는 게으른 성정을 구태여 변명하지 않아도 된다. 파스타를 더 깊이 이해하게 되었고, 하루에 오천 자의 글자를 빚는다. 몇 개의 소설을 동시에 쓰고 있다. 어쩌면 이게 전업 작가로 살 수 있는 마지막 기회인지도 모른다. 그런 각오를 하기도 하는 것이다. 서른셋은 무언갈 새로 시작하기엔 좀 부담이 되는 나이다. 이제 와서 다른 직업을 갖는다고 생각하면 글쎄, 정장을 입고 정시 출근을 하는 나는 좀처럼 상상이 가질 않는다. 그러므로 무언갈 적는 일에 몰두하고 있다. 전업 작가로서 계속 존재하기 위해선 최소한의 쓸모는 다 해야 한다. 좋은 글을 적는 건 물론이고, 직업의 본질적 의미도 충족해야 한다. 파스타나 소소는 나를 더없이 행복하게 만들지만, 돈을 벌어다 주지는 않으니까. 생계를 유지하기 위해선 돈이 되는 글도 적어야 한다. 본질적 의미의 직업이란 그런 것이다.

작업실의 불을 끄고 나오면 보통 새벽 두 시쯤 된다. 집에 도착하면 세 시. 씻고 이것저것 하다 보면, 네 시를 훌쩍 넘겨야 침대에 누울 수 있다. 별안간에 써야 할 것이 떠오르는 날도 있다. 그런 날엔 꼼짝없이 밤을 새우기 일쑤다. 침대에 누워 시간을 확인하면, 그래도 오늘 하루를 꽤 알차게 보냈다는 기분이 된다. 돈이 될지, 안 될지는 몰라도 어쨌든, 뭐가 됐든 꾸역꾸역 쓰긴 쓴 거다. 이런 성취감은 작가에게 꼭 필요한 것이다. 수평선 가까운 곳에서 비쳐오는 등대의 불빛 같은 것. 흔들리지 않는 나침반의 바늘 같은 것. 무조건적인 믿음이 수반되는 신앙 같은 것. 글의 길이라는 건, 답도 없이 너무 막연한 바람에, 등대의 빛이나 나침반, 신앙 없이는 계속 걸을 수가 없다. 발을 헛

딛거나 길을 잘못 들어도 어지간해선 눈치 챌 수조차 없다. 되돌아갈 길도 없다. 저 먼 곳에 보이는 빛이 등대일 거라고 믿으면서, 하루 열댓 시간씩 묵묵히 노를 젓는 게 전부다. 책상 앞에 앉을 때마다 그 막막한 공허와 마주한다. 연필을 들고 빛 너머에 있을 세상을 짐작한다.

연남동에서 차를 타고 수원으로 내려오다 보면 저 먼 곳으로 여의도의 불빛이 보인다. 육삼빌딩을 필두로 늘어선 빌딩의 불빛. 어지간해선 꺼지는 법이 없다. 언젠가 '서울의 야경은 다 야근하는 사람이 만드는 거야.' 그런 우스갯소릴 들은 적이 있다. 내 옆자리에 밤늦게까지 남아 있던 녀석이었다. 그때의 나는 강남에서 서울의 야경을 위해 일조하고 있었는데, 지금의 나는 연남동에서 서울의 야경을 빚는다. 여의도의 빌딩들을 떠올린다. 수많은 삶이 하나의 유기체처럼 모여 발광하는 모습을. 낮의 여의도에선 좀처럼 느끼기 힘든 유대감이다. 빛은 모여 있으면 쉽게 들러붙는다. 테두리가 명확하지 않은 게 무방비하다고 생각하지만, 사실 많은 사람들이 무방비한 태도로 삶을 일관한다. 나 같은 사람은 겉돌 수밖에 없다. 테두리가 명확하기 때문에.

그리운 누군가가 그 근방에 산다. 테두리가 명확한 애라, 섞이지 않은 불빛 중 하나가 그 애의 집일 거라고 짐작한다. 따로 떨어진 불빛을 눈으로 훑는다. 대충 저쯤이지 않을까? 몇 번 짐작하기도 하면서. 여의도의 야경을 지날 때 과거의 얼굴이 되는 이유다.

"여의도에 '여'는 '너 여' 자를 쓰는데, 예전엔 관리도 잘 안 되고 물에 자주 잠기던 땅이라 '너나 가져라'라는 말에서 비롯된 거래. 근데 지금은 갖고 싶어도 못 갖는 땅이 됐지."

그 애는 이런 믿거나 말거나 하는 식의 말을 많이 알았다. 만나는 동안 그런 걸 너무 많이 듣는 바람에 이젠 어떤 게 사실이고 농담인지, 민간어원인지, 지어낸 말인지 뒤죽박죽이 돼서 구분하기가 어렵다.

"강남이 왜 비싼 줄 알아? 우리가 6.25를 겪었기 때문이야."로 시작해서, "전쟁통에 다리를 끊었잖아. 강북 사람들은 피난길에 한강을 건너야 했지."를 지나 "지금의 기득권들이 본인도 모르는 기저 안에 땅을 사려면 다리 이남을 사야 살 수 있다는 암시를 넣은 거야."로 끝나는 대화는 뭐랄까. 이젠 꿈 같다. 꾸고 싶어도 맘대로 꿀 수 없고, 자꾸만 희미하게 흩어져서, 애써 붙들고 있지 않으면 금세 잊어버릴 것 같다. 삶이 한없이 단조롭게 느껴질 땐 그 애가 해준 이야기들을 곱씹는다. 그 이야기들은 내게 또 다른 종류의 등대다. 나침반이고, 신앙

이다. 그 애가 잘 닦아놓은 길을 따라가는 동안에 나는 빚진 것

같은 기분이 된다.

# 파스타

일주일에 두 번, 못해도 한 번은 꼭 요리를 해 먹으려고 노력한다. 주로 주말 점심이나 저녁에. 특별한 경우가 아니라면 거의 파스타를 한다. 어려운 일도 아니고 많은 조건이 필요한 것도 아닌데 일주일에 한 번도 하질 않는다면, 그건 취미가 될 수 없는 거라고 믿는다. '일주일에 한 번'은 일종의 기준인 셈이다. 같은 맥락에서 좋아하는 음식이라면 역시 일주일에 한 번은 먹어줘야 한다고 생각한다. 그래야 '진짜'다. 그런 느낌이다. '진짜'라면, 기준미달이 되는 일만은 스스로 용납할 수가 없다. 이쯤 되면 달성해야 하는 목표 같이 느껴지기도 하는 것이다.

　언젠가 왜 하필 파스타냐는 질문을 받은 적이 있다. 그 애의 말을 빌리자면 세상엔 라면도 있고, 라멘도 있고, 냉면도 있고, 메밀도 있고, 칼국수도 있고, 짜장면, 짬뽕도 있고……. 하여튼 간에 많은 종류의 면 요리가 있는데, 하필 파스타를 그렇게 좋아하는 이유가 있지 않겠냐는 거다. 곰곰이 생각해 보기로 한다. 사실 나는 라면도, 라멘도, 냉면도, 모밀도, 칼국수도, 짜장면도, 짬뽕도 좋아한다. 그뿐인가. 잡채도 좋아하고, 비빔면도 좋아하지. 말하자면 면으로 된 음식은 다 좋아한다는 거다. 그 중에 파스타가 특별히 좋은 이유는 물론 있다. 범용성이다. 다른 면 요리는 뭐랄까, 메뉴의 한계가 좀 명백하다. 아무리 지지고 볶고 새로운 메뉴인 체 굴어도 실은 거기서 거기다. 크게 벗어날 수가 없다. 하지만 파스타는 다르다. 기본적으로 토마토 파스타, 크림 파스타, 오일 파스타로 나눌 수 있고, 거기서 어떤 재료를 얼마나 넣느냐에 따라 또 오만가지 메뉴를 만들 수 있다. 파스타의 범용성은 거기서 끝이 아니다. 심지어는 면의 종류만도 무지막지하게 많다. 우리에게 가장 친숙한 스파게티(얇고 긴 형태의 보편적인 파스타 면)부터 나비 모양의 파르펠레, 두꺼운 형태의 링귀네, 페투치네, 빨대 모양의 부카티니를 비롯해 카넬로니, 피치, 펜네, 리가토니, 가르가넬리, 카바타피,

키페리... 뭐 대충 생각나는 것만 적어도 이 정도다. 각각의 면은 생김새에 따라 어울리는 소스가 정해져 있다. 뭐 꼭 지켜야 하는 건 아니지만, 대체로 그렇게 요리하는 편이 더 맛있긴 하다. 오늘은 목요일이다. 주말까지 이틀이 남았다는 얘기는 이미 이번 주에 해먹을 파스타를 결정했단 소리기도 하다. 메뉴는 보통 화요일이나 수요일쯤엔 결정 난다. 그건 로또를 사는 일과 비슷하다. 일주일 동안 로또에 당첨되면 뭘 하지? 그런 막연한 생각을 하면서 토요일 저녁을 기다리는 거. 한 오일동안 머릿속으로 완성된 파스타를 그리다 보면, 마침내 기대감은 최고조에 달한다. 맛없는 걸 만들 수가 없다. 그런 결의를 가지고 임하게 되는 거다.

이번 주 일요일엔 점심으로 볼로네제 소스(다진 고기와 토마토퓌레를 끓인 소스)를 베이스로 한 미트볼 파스타를 해먹을 작정이다. 생각만 해도 군침이 돈다. 미트볼은 오랜만에 빚는 거라 기대가 크다.

취미생활에 온전히 빠져 즐길 수 있는 건 좀 행운이다. 요즘엔 진심으로 그렇게 생각한다. 게다가 이젠 사 먹는 것 못잖게 곧잘 만든다. 좋아하는 걸 좋아하는 만큼 맘껏 넣을 수 있으니 맛이 없으려야 없을 수가 없다. 글을 쓰는 일도 내겐 마찬가지다. 누구보다 책을 좋아하는 책덕후로서 글을 읽고 쓰는 생활을 병행할 수 있단 건 분명 큰 행운이다. 내 글의 첫 독자는 언제나 나일 테니, 많은 글을 쓰는 만큼 많은 글을 읽을 수도 있는 거다. 게다가 이젠 읽어주는 독자들도 꽤 많이 생겼다. 책도 네 권이나 냈고. 이건 생각할수록 감개가 무량한 일이다. 내 삶의 부분을 짧은 글 한 편으로 결착 짓는 일은 장편소설을 오래 붙들고 앉아 완성하는 일과는 좀 다르다. 얼마나 썼든 간에, 뭐가 어떻게 됐든 간에 마감을 짓는 행위를 반복함으로써 연필의 한쪽 끝을 날카롭게 단련시킨다. 새벽 네 네 삼십일 분. 내 글을 기다리는 독자들을 생각하면 좋은 글을 적지 않고서는 쉽게 잠들 수가 없다.

# 중얼거리는 버릇

　어떤 단어든 한번 입에 붙으면 자꾸 중얼거리는 버릇을 가졌다. 별로 배고프지도 않으면서 배고파, 배고파. 중얼거린다거나, 습관처럼 피곤해, 피곤해. 입에 달고 사는 식이다. 글자 그대로 버릇처럼. 말이란 게 뱉으면 이루어지는 이상한 마력 같은 게 있어서 피곤하다고 계속 중얼거리면 나도 모르는 새에 견딜 수 없을 만큼 피곤해지기도 하는 것이다. 어떤 글자가 입에 붙어 떨어지지 않는 건 몹시 피곤한 일이다. 언젠가는 부르면 안 되는 이름이 붙어버리는 바람에 한 일 년 고생한 적도 있다. 그 무렵엔 누구를 부를 때마다 그 애의 이름이 먼저 튀어나왔다. 덕분에 나는 허공에 대고 무언갈 그리워하는 표정으로 자주 있었다. 그런 표정을 짓고 나면 꼭 아 미안. 하고 사과해야 한다. 이젠 그 애의 이름을 생각하기만 해도 '미안'이란 글자가 덩달아 떠오른다. 다른 감정들은 삶 앞에 무심하다 싶을 만큼 쉽게 무뎌지는데 미안함은 영 그럴 생각이 없어 보인다. 그 이름은 아직도 나를 작아지게 만든다. 어깨를 움츠리고 그 이름을 티 나지 않게 곱씹는다. 입술이 붙지 않는 발음이 연달아서 두 개. 마지막 글자는 'ㅡ' 발음을 가져서 소리가 조금 낮아진다.

요즘에 날 곤란하게 만드는 말은 '배고파'다. 실은 다이어트 중이고, 거의 항상 허기져있기 때문에 배고프단 말을 자주 해도 별 이상한 건 아니겠지만……. 배고플 땐 배고파서 배고프다고 중얼대고, 배고프지 않을 때도 버릇처럼 배고프다고 말하니 거의 온종일 배고프단 말만 달고 산다. 이건 좀 문제가 된다. 저녁쯤 되면 같이 있는 사람은 무슨 죄인가 싶다. 나도 모르는 사이에 수백 번은 말했을 테니까. 그럴 의도는 전혀 없었는데 괜히 눈치 주는 꼴 같기도 하고. 아무튼 여러모로 별로다. 허기에 관해 생각한다. 매번 마지막 식사라도 되는 것처럼 먹어대는 잘못된 식습관에 관해서도. 나이가 들어도 식탐은 잘 고쳐지질 않는다. 어떤 때는 이렇게 먹는 게 꼭 죄를 짓는 것 같다.

누구에게 잘못하는 건지도 모르면서 그냥 그런 기분으로 반나절을 보낸다. 나는 누구에게도 피해를 끼친 적이 없는데. 이상한 일이다. 요 며칠간은 간소하게 하루 한 끼만 먹으면서 지냈다. 이런 날엔 배고프단 말을 더 자주하고, 그만큼 속죄하는 기분이 되기도 한다. (배고파) 내 삶의 기저에는 생존이란 단어가 근본적으로 깔려 있으므로, 허기를 빼놓고는 나를 온전히 설명할 수는 없다.

세상엔 결코 채워지지 않는 허기도 있다. 매번 다음 끼니를 걱정하지 않는 사람은 결코 이해할 수 없는 종류의 불안, 불만족, 그 어두운 구멍 같은. 그러므로 더 먹을 수 없을 때까지, 기어코 먹고야 마는 것이다. 그렇다면 죄책감을 느끼는 구석은 대체 어디인가. 다음 끼니를 걱정할 필요가 없는 사람이 배 터질 때까지 밥을 먹으면 죄책감을 느껴야 하는 건가. 영문을 알 수가 없다. 아마 어린 시절의 나와 뭔 상관이 있을 테지만, 오늘은 거기까지 거슬러 올라가 생각할 기운이 남아있질 않다. 이제 나는 나에 관해 돌아보는 일에 권태를 느끼는 사람이 됐다. 내 삶은 재미가 없다. 배고프다. 속죄하는 기분으로 잠이 들면 꿈도 꾸질 않고 잘 잔다.

# 당연

지난 주말. 비가 잠깐 그친 틈을 타서 E와 수원천을 따라 걸었다. 산책을 위한 건 아니었고, 그냥 마트에 가서 주말 간에 먹을 거리나 대충 사오자는 거였다. 슬리퍼를 신고 생각 없이 걷다가 좀 미안한 마음이 된다. E의 걸음걸이가 신경 쓰인 탓이다. E는 아침부터 동창의 결혼식에 들렀다가, 뒤풀이까지 하고 오느라 약간 녹초가 되어 있었다.

"집에 들를걸. 신발이라도 갈아 신고 올 걸 그랬죠?"

"음, 괜찮아요! 빨리 사가지고 들어가면 되지."

E는 발이 아픈 게 분명할 텐데도, 자꾸만 걸음이 흐트러지지 않게 신경 쓰고 있었다. 아마도 나 때문이었을 거다. 눈치 없이 저런 소릴 하는 바람에. 내가 미안해할까 봐서. 거기다가 대고, 그냥 편하게 걸어도 돼. 같은 소릴 하기엔 염치가 없어서 그냥 잠자코 있기로 한다.

"뭐 먹고 싶어요? 응, 맵게? 새우는? 국물 있는 거?"

요리를 하는 쪽은 보통 나였으므로, 내가 묻고, 그 애는 답하는 식의 대화가 몇 번 오간다. E는 중간중간 "치즈도 살까? 와인이랑 같이 먹게." 같은 소리를 추임새처럼 넣었다. 그 목소리는 뭐랄까, 그 애가 지금 이 시간에 집중하고 있음을 알리는 제스쳐 같은 거여서, 나는 E가 말하는 건 모조리 카트에 담을 수밖에 없었다. 집으로 돌아오는 길, 별안간에 비가 떨어지기 시작한다.

E는 주방 테이블에 걸터앉아 내가 하는 꼴을 잠자코 지켜보다가, 거실에서 꺼내온 책을 몇 장 읽다가, 창밖을 멍하니 보다가, 했다. 마늘과 페퍼론치노, 새우, 명란, 버섯이 슬슬 먹음직한 향을 낸다. 오일을 진하게 낸 명란 파스타는 E가 좋아하는 거였다. 여기다가 와인을 곁들여서 먹는 거. 그보다 좋은 건 별로 없을 거라고. 버릇처럼 말했다. 덕분에 오늘 저녁 메뉴에 대한 고

민은 없었다. 며칠 만에 보는 거니까, 당연히 애가 좋아하는 걸 먹어야지. 싶은 거다. 나는 당연하게 E가 좋아하는 파스타를 만들고, E는 당연하게 내가 좋아하는 와인을 준비한다. 이상적인 일이다. 책을 내려다보는 E의 정수리에 입을 맞추고, 볼에, 목덜미에, 다시 볼에 차례로 입을 맞춘다. 입을 떼면서는 우리 사이에 있을 몇 가지 당연한 것들을 떠올린다.

"맛있는 냄새가 나요."

뒤에서 안겨 오는 E의 손가락을 왼손으로 붙잡는다. 끝마디를 살짝 깨물고, 손바닥에 입술을 댄다. 살갗이 뜨겁다. 뜨겁다고 생각한다. 얼마나 그러고 있었을까,

"작가님, 작가님, 있잖아요. 세상에 '당연'의 반대 단어는 왜 없는 걸까요? 세상엔 당연하지 않은 것들이 이렇게 많은데요. 혹시 있어요? 제가 모르는 거예요?"

E가 물었다. 어쩌면 나와 비슷한 생각을 하고 있었는지도 몰랐다. 우린 이런 구석이 꽤 잘 통하니까. 분명히 그럴 거라고 짐작하기로 한다. 나는 이제 이런 식의 질문을 들으면, '글쎄요,' 같은 말로 대충 넘길 수가 없다. 세상에 부유하는 모든 글자에 일말의 책임감을 느낀다. 이건 내가 작가이기 때문에 응당 갖춰야 할 마음 중에 하나일 것이다. (응당 '가져야' 할 마

음이라고 적었다가, '갖춰야' 할 마음으로 수정한다. 작가
가 단어에 느끼는 책임감이란 '갖춰야' 할 것에 더 가까우
니까.) 돌아보니 E는 좀 진지한 표정을 하고 있었다. 덩달아 표
정이 심각해진다. E는 아마 세상에 당연하지 않은 것들을 하나
씩 떠올리고 있을 거였다. 살갗으로부터 달짝지근한 향이 배
어 나온다. 뒤풀이에선 와인을 마셨다더니. 슬슬 취기가 올라
오는 모양이었다. 당연하다는 글자를 입에 넣고 소리가 나지
않게 굴린다. 양보하기 싫은 가장 단 사탕처럼, 이에 닿아 깨지
지 않게 조심하면서. 당연하다. 당연하다. 마땅히 그러하다. 속
으로 중얼거린다. '당연하단 말의 반대 단어가 있냐고? 당연
한 것은 말 그대로 당연한 것이라…….' 따위의 생각을 두서
없이 한다.

"모든 당연하지 않은 것들이 당연의 반대말이려나. 그래서
없는 건가 봐요. 당연한 걸 당연하게 생각하지 말라고……. 한
가지 단어로 '당연하지 않은 것들'을 대충 모아 묶으면, 뭔
가 당연하지 않은 것들이 겨우 몇 가지로 압축될 것 같기도 하
고……. 그 밖에 것들은 당연한 게 될 수 없을 텐데도요."

"그건 좀 싫다."

"당연하다는 말은 좀 특별해서, 특별하지 않은 모든 것과 반

대되는 건가 봐요. 그렇게 생각할래요."

빗소리가 조금 거세진다. 나는 우리에게 두 개의 우산이 있어도 하나만 펼칠 거란 사실을 안다. 혹시 집으로 돌아오는 차가 끊기거나, 짐이 많으면 언제고 달려갈 것도 안다. 아프면 가장 먼저 달려갈 걸 알고, 바다가 보고 싶다고 속삭이면 당장 새벽에라도 출발할 걸 안다. 이 모든 당연하지 않은 것들이 당연하게 여겨지는 건, 그래, 내가 E를 사랑하고 있기 때문일 것이다.

# 가난

　며칠 전에 사고를 냈다. 지하차도에서 올라오자마자 앞차를 들이 받은 것이다. 무슨 정신이었는지 모르겠다. 그때의 나는 어떤 열의 같은 것에 불타고 있었는데, 과잉된 감정 때문에 앞을 제대로 살피지 않은 걸지도 몰랐다. (사고 순간의 기억이 명확하지 않으므로, 꼼짝없이 3자라도 된 것처럼 기록하는 수밖엔 없다.) 그 열의란 역설적이게도 삶에 대한 것이었다. '이제 다시 열심히 좀 살아보자!' 곱씹다가 사고를 내버린 것이다. 한참 동안 차를 들여다보던 보험사 직원은, 앞 범퍼가 엔진룸을 밀고 들어가 내부가 많이 손상되었다고 했다. 이 정도면 사람이 안 다친 게 천운이라고.

그래. 사람 안 다친 게 어디냐. 비단 내가 문제가 아니라, 다른 사람을 치기라도 했으면……. 그런 생각을 하면 눈앞이 캄캄했다. 누군가의 인생을 완전히 망칠 수도 있는 일을 너무 무책임하게 벌였다고 생각한다. 최악이다. 나는 무책임한 인간이야말로 최악의 인간임을 증명하고야 말았다. 무책임한 태도에 대한 반성과 일어나지 않은 일에 대한 죄책감은 새벽이 늦도록 가시질 않았다. 아니, 도리어 무르익어 시뻘건 과육을 머리맡에 뚝뚝 떨어뜨렸다. 언젠가 비슷한 종류의 무책임 앞에 처참히 무너진 적도 있었지. 회상한다. 감정도 의도도 없이 꼭 장마로 불어난 강물처럼, 무심하게 순응하기를 강요한다. 그런 식의 불행은 거스를 수 없는 어떤 것, 불가항력이라고 이름 붙이기로 한다. 인생은 이다지도 불공평한 것이다.

상대 차량은 심각하게 파손되진 않았다. '다행히도'라고 적었다가, 삭제하기로 한다. 불행 앞에 '다행'이란 말이나, '그나마'라는 말은 더 이상 붙이지 않기로 한다. 운전자분은 입원 수속을 밟았다. 둘 다 보험처리가 되는 부분이라 안도한다. 내 몸은……, 사실 잘 모르겠다. 원래 아프던 곳이 조금 더 쑤시는 정도고 가끔 두통도 있지만, 이게 사고의 영향인지 원래 가지고 있던 통증이 때 돼서 기어 나온 건지는 구분할 수 없다. 차를 공업사에 보내고 견적을 기다리고 있다, 담당자가 대충 봤을 때 못해도 500만 원은 나올 거라고 했다. 하, 500만 원? 그 돈이면 지금 갚아야 할 빚을 다 갚고도 얼마가 남는 금액이었다. 이제 얼마 남지 않았는데, 별안간에 두 배로 늘어버린 빚이 야속하다. 담당자에게 리싸이클 부품이 있는지 수소문을 부탁하고 전화를 끊는다. 운이 좋다면 200만 원은 아낄 수 있을 것이다. 보험처리가 못내 아쉽다.

나의 괴로움은 이곳으로부터 시작된다. 보험을 잘 들어놨으면 깔끔하게 보험처리가 되었을 텐데, 애석하게도 보험이 '잘' 들어있지가 않았다. 보험을 갱신한 건 올해 6월. 고민 고민하다가 자차 특약(사고가 났을 때 내 차의 수리 비용을 지원받는 특약)을 빼버린 것이다.

그때의 나는 좀 가난했다. 물리적으로도 여유가 없었는데, 심적으로는 더 그랬다. 가난. 가난. 평생을 달고 산 글자가 다시 한 번 나를 집어삼키기 위해 허리까지 차올랐다. 어떤 밤에는 이대로 죽는 건 아닐까 망상하기도 했다. 영영 벗어날 수 없는 낙인같이 느껴졌다. 먹고 싶은 메뉴보다 조금 더 저렴한 걸 골라야 하고, 끼니를 줄여야 하는 삶은 뭐랄까. 사람을 처량하게 만든다. 처량하고 비참하게 살다 보면 어느새 그런 것에 적응하는 바람에 나도 모르게 어리석은 선택을 하게 되기도 하는 것이다. 자차 특약을 뺀 것도 수많은 어리석은 선택 중에 하나였다. 참치김밥이 미치도록 먹고 싶으면서, 일반김밥을 선택하고야 마는 심정으로, 에이 뭐 별일이야 있겠어? 없겠지? 무탈하겠지? 스스로 되뇌는 심정으로. 처량한 일이다.

물리적인 가난이야 어쩔 수 없다 치더라도, 우리는 심적인 가난에 삼켜지는 일만은 끝내 조심해야 한다. 편협하고, 처량한 마음이 태도가 되어 새어나오지 않게. 스스로를 초라하다고 치부하지 않게 유의해야만 한다. 요즘의 나는 그런 것들을 생각하면서 산다.

# 읽

차를 수리하는 데에는 못해도 430만 원이 들 거라고 했다. 그것도 최소 견적이고, 뜯어봐야 자세한 견적이 나올 거라고 덧붙였다. 어쩔 수 없죠. 나는 항거할 수 없는 일엔 쉽게 체념하는 편이고, 430만 원으로 책정된 수리비는 이미 돌이킬 수 없는 일이었으므로, 대답했다. 어쩔 수 없는 일이었다. 공업사에서는 내게 무상렌트가 된다는 사실을 말해주질 않았다. 아마 보유하고 있는 무상렌트가 가능한 차량이 수요를 따라가지 못하는 모양이라고 짐작했다. 괘씸하지만 그렇게 이해하기로 한다. 그러나 그건 그들의 사정이고, 나는 차가 필요하다. 담당자에게 전화를 걸어 무상렌트를 신청한다. 그는 조금 당황한 듯이, 혹은 무언가를 숨기듯이 좀 센 어조로 말했다. "같은 급의 차량은 없고요. 모닝은 있습니다. 저희 공장에서 렌트해드리는 거예요. 서비스로요." 나는 '서비스'라는 단어를 강조해야 하는, 강조할 수밖에 없는 그의 초라한 마음을 잘 안다. 그런 식의 감정은 내게 익숙한 것이다.

렌트를 위한 서류를 작성하고 서로 확인해야 할 것들을 확인한다. 기스가 나거나 찌그러진 부분은 특히 꼼꼼해야 한다. "기름은 0.5칸 남았네요. 반납할 때 유지 부탁드려요." 그가 말한다. 0.5칸 밖에 없는데 이런 소릴 하는 것도 좀 처연하게 느껴졌다. 이건 본인의 의지가 아니라 형식과 시스템이 하는 말이었다. 기름을 0.5칸 밑으로 유지하는 사람도 있을까? 굳이 0.5칸을 맞춰 가지고 오는 사람은? 아마 없을 거라고 생각한다. 불안할 테니까. 나만 해도 바로 기름을 넣으러 가야겠단 생각을 하고 있었다. 반납할 때는 못 해도 두 칸의 기름은 남아 있을 거다.

주유소에 들어서면서 나는 조금 당황하고 있었다. 주유구의 위치를 확인하질 않은 거다. 오른쪽인가? 왼쪽? 사이드미러로 살피지만, 모닝 특유의 옆선 때문에 잘 보이질 않았다. 오른쪽에 있을까? 아니면 왼쪽? 잠깐 고민한다. 고민하는 순간에도 조금씩 주유소 입구로 접어들고 있다. 왼쪽? 오른쪽? 나는 50%의

확률엔 좀 약하다. 이젠 시간이 없다. 택일해야 한다. 어차피 감으로 골라야 하는 거라면, 더 익숙한 쪽을 택하기로 한다. 늘 하던 대로 주유기 왼편에 차를 갖다 댄다.

하지만 인생은 언제나 얄궂은 법이다. 주유구는 오른쪽에 있었다. 혼자 주유소를 지키던 직원이 이상한 표정으로 날 보다가 차를 빼라는 제스처를 했다. 나는 크게 앞으로 뺐다가, 후진한다. 직원이 번호판에 적힌 '허'를 보고 나의 이상한 행태를 납득하는 동안, 천천히 주유기 오른편으로 이동한다.

문제는 한 가지가 더 있었다. 나는 주유구를 여는 버튼이 어디 있는지 알지 못했다. 고난의 연속이었다. 미리 알아보고 올 걸. 그제서야 후회한다. 나는 굳이 차 문을 열고, "죄송해요. 사고가 나서 렌트를 받았는데, 주유구 여는 버튼이 어디 있는지 모르겠네요." 했다. 굳이 나의 사정을 구구절절 늘어놓은 것은 내가 주유구의 위치도 모르는 얼간이로 보일까 봐서였고, 내심 '겨우 모닝'이라는 생각을 가지고 있었기 때문이기도 했다. 허영심이다. 이건 내가 가진 고질적 흉터다. 담당자의 초라한 목소리를 생각한다. 불과 몇 분 사이에 더 초라한 말을 해버리고 말았다고 자책한다. 나는 스스로를 보잘것없다고 여긴다. 그 정도가 좀 심하다. 그렇기 때문에 늘 가진 것보다 더 보여주고, 아는 것보다 더 많이 말해야 했다. 나도 모르게, 그러면 나를 초라하게 만들 뿐이라는 사실을 알면서도, 멈출 수가 없다. 고질적 흉터란 그런 것이다. 알면서도 고칠 수 없는 어떤 영역의 것.

직원은 운전석의 문을 열고 이곳저곳을 살피다가, 운전자 시트 밑에 있는 버튼을 가리켰다. "저기 있네요." 그는 웃고 있었고, 나는 약간의 수치심을 느꼈다. "하하. 그러네요." 나는 수치심을 느끼면 되레 자연스러운 체한다. 이런 것쯤 아무렇지 않다고. 나를 이상하게 생각하는 게 오히려 치졸한 거라고. 비겁한 처세다. 계산을 하고, 기름을 넣고, 창문을 올리려는데 직원이 웃으며 농담을 건넨다. "주유구의 위치를 모르는 사람은 5% 정도밖에 안 돼요." 나는 최대한 자연스러운 표정을 한다. 좋은 농담이라는 생각은 들지 않는다.

작업실을 향해 가는 길에 다짐한다. 앎에 관한 글을 써야겠다고. 나는 이 차에 대해 아무것도 몰랐지만, 지금은 블루투스 스피커를 연결하는 법, 에어컨을 키우고 줄이는 법, 주유하는 법을 안다. 이 정도면 충분히 안다고 생각하기 쉽지만, 자만은 지양해야 한다. 같이 시간을 보내다 보면 분명 더 알게 되는 부분도 있을 거고, 몰라서 낭패를 보는 부분도 있을 거다. 이를테면 헤드라이트의 밝기를 조절하는 방법 같은 거. (아무리 봐도 좀 밝다. 안개등이 켜진 건가 싶다가도, 다른 밝기로는 도무지 조

절이 되질 않아서 난감해하고 있다.) 모르면 낭패를 보는 게 연
애와 비슷하다고 생각하다가, 그건 좀 진부한 비유니까 다른
걸 생각하기로 한다. 삶? 그래 그것도 진부하긴 마찬가지지. 알
지 못하면 수치를 당하는 일이 자주 생긴다는 것 정도만 기록
하도록 한다.

# 생의 잔금들

사고로 폐차시킨 차의 할부금을 계속 내면서 실체 없이 치러야할 생의 잔금들을 곱씹었다. 그래 인생이란 어차피 실체가 없는 것들로 이루어져 있는 지도 몰라. 불현듯 깨닫는다. 삶의 지난함에 관해 일정 부분 인정하는 행위는 체념을 수반한다. 어쩔 도리가 없기 때문에, 그것은 예고도 없이 들이닥치는 불가항력이기 때문에. 체념하지 않고는 도무지 맨 정신으로 살아낼 수가 없는 것이다.

# 설국

목적지는 묵호항이었다. 지난겨울 먹은 대게의 맛을 잊지 못해서, 불현듯 치밀어 오르는 그리움을 누를 길이 없어서……, 뭐가 됐든 수많은 '못해서'와 '없어서' 때문에 무작정 길을 떠난 것이다. 홍대에서 강원도로 향하는 길은 지난하게 뻗은 직선 도로와 기다란 터널의 연속이다. 휴게소로 빠지거나 중간에 다른 도시로 편입하지 않는 한, 같은 차의 후미등을 한, 두 시간쯤 보고 달리게 되는 날도 있었다.

여름의 고속도로는 겨울의 것과는 다른 모습을 하고 있다. 말하자면, 넘치는 생명력으로 푸르게 익었다. 그런 걸 볼 때면 계절이 하는 일을 실감한다. 무언갈 살게 하거나 죽게 하는 거. 무르익게 하거나 떨어뜨리는 거. 봄과 여름의 흐름을 순순히 통과하면서 내게 생긴 변화를 유추해내려 애쓴다. 헐벗은 나무의 모양을 눈으로 따라 그리던 것을 기억한다. 계절의 힘이 만물에게 공평하게 작용하는 거라면, 겨울을 묵묵히 인내해낸 내게도 응당 푸른 잎에 돋아야 하는 거였다.

그러나 생명력이란 건 그렇게 공평하게 분배되질 않았다. 어째선지 봄과 여름을 지나면서 나는 내가 좀 낡아간다고 여겼다. 자주 닳는 부분은 정해져 있고, 거길 통해서 무언가가 자꾸만 쏟아져 나간다고. 자주 망상했다.

그래, 강원도의 산을 길게 관통하면서도 나는 조금씩 낡아가고 있었다.

정체가 길어진다. 심상찮은 일이라고 여긴다. 왜냐하면 월요일 오후 세 시의 고속도로는 별일이 없다면 이렇게까지 막힐 이유가 없으니까. 이런 종류의 예감은 빗나가는 법이 잘 없다. 아마 어딘가에서 사고가 난 거라고 짐작한다. 도착 예정 시간은 10분씩 야금야금 늘어나기 시작하더니, 종래엔 출발할 때보다 한 시간은 더 미뤄졌다. 이건 좀 너무한 거 아닌가 싶다가도, 어쩔 수 없는 거라고 금세 체념한다.

삼십몇 년을 살다 보니 삶에 패턴이랄까 그런 게 생겼다. 겨울이 오기 전엔 뱅쇼를 끓여 마신다거나, 가을엔 송어회를 먹으러 문경에 간다거나, 여름엔 장맛비에 잠겨 지낸다거나 하는 것들. 묵호항은 그런 '때 되면 가는 곳' 중에 하나였다. 1월에서 2월쯤. 그 무렵 만나는 사람을 데리고 떠나는 거다. 대게를 쪄먹고, 가파른 언덕을 올라 동해바다를 내려다보고 있으면, '우리 사랑이어도 괜찮지 않나?' 그런 생각이 불현듯 들기도 했다.

지난겨울에 만난 애는 음악에 조예가 좀 깊었다. 새로 나온 팝송 같은 걸 곧잘 따라 부르기도 하고, 내가 무언갈 흥얼거리기라도 하면 바로 화음을 쌓아 올려버리곤 했다. 듣는 귀도 좋았다. 그 애가 소개해주는 노래는 십중팔구 취향에 맞았다. 그렇다 보니 자연히 내 비루한 플레이리스트보단, 그 애의 플레이리스트를 자주 틀었다. 실은 요즘에도 자주 듣는다. 그 애로부터 내게 흘러온 노래들을. 그 애가 남겨둔 노래를 듣고 있으면, 조금씩 세련된 사람이 되는 것도 같다고 막연히 믿었다.

이제 그 애는 더 이상 내 차에 타질 않는다. 플레이리스트도 지난겨울을 기점으로 새로워지질 않았다. 나는 변화하거나, 받아들이는 일엔 영 소질이 없다. 누군가 밀어 넘어뜨리지 않으면 그 자리에 얌전히 체류하는 것을 선호한다. 지난 연인의 이름을 블루투스에서 제거하는 일도 마찬가지다. 묵호항으로 출발하기 전, 나는 블루투스 스피커에 여전히 남아 있는 그 애의 이름을 보면서 잠깐 괴로웠다.

기다란 터널을 통과한다. 시속 10km를 꾸준히 유지하면서. 어쩌면 이 터널 끝에 지난했던 겨울이 맞닿아 있을지도 모르겠다고 생각한다. *국경의 긴 터널은 아니지만, 결국엔 설국에 도달하게 될지도 모르겠다고.

  * 가와바타 야스나리 <설국>

# 그리운 얼굴

당신과 닮은 얼굴을 너무 자주 마주치고 산다.

다섯 걸음쯤 떨어져 있다. 나는 짐작한다. 그녀는 따뜻한 아메리카노를 마시고 있다. 나는 짐작한다. 그녀는 아마 소설을 쓰고 있을 것이다. 분주하게 움직이는 볼펜과 소리 없이 중얼거리는 입을 보면서, 나는 짐작한다. 에어컨을 먼저 켜도 괜찮지 않나? 화분을 밖으로 내놓는 남자의 걸음을 보면서 생각한다. 오후의 볕에 닿아 세계가 조금씩 늘어지고 있었다. 빈 화면에서 몇 분째 깜빡이기만 하는 커서를 본다. 지지부진해진 채로 좀처럼 진도가 나가질 않았다. 테이블 너머로 다시 그녀의 입술을 본다. 분주하게 움직이고 있지만, 소리가 닿지는 않았다. 다섯 걸음쯤 떨어져 있기 때문에. 무언가를 적고, 읽는 그녀는 가끔 눈도 감질 않았다. 에어컨 좀 틀어주세요. 죄송합니다. 화분들이 온도에 민감해서요. 정말 죄송합니다. 조금 전에 누군가와 남자가 나눈 대화를 복기한다. 누군가는 남자에게 화를 내고, 남자는 화분을 밖으로 옮기는 쪽을 택한다. 남자는 화분을 가여워한다. 더 잘해주지 못해 미안하다고 속으로 중얼거릴지도 모를 일이다. 그러나 내가 아는 한 화분은 가엽지 않다. 자기연민에 빠질 일이 없으니, 가엽다고 보긴 어렵다. 식물은 그저 살기 위해서만 온 힘을 다한다. 자기연민에 낭비할 에너지 같은 건 애초에 가지고 태어나지 않았단 걸 증명이라도 하듯이, 볕을 향해 잎사귀를 힘껏 내지른다. 나는 오후의 볕을 좋아한다. 오후의 볕이 거대한 나무들을 두드리는 광경을 좋아한다. 그 여유롭게 넘치는 생명력을 흠뻑 뒤집어쓰고 있으면, 나는 자꾸만 관대해지고, 관대해지는 바람에 불현듯 자기검열을 그만두기도 하는 것이다. 볕을 쬐어야 죽는 일종의 곰팡이처럼, 나를 좀먹는 어떤 것들을 죽이는 데에는 오후의 볕만이 탁월했다. 언젠가 메타세쿼이아 길에 서서, 하늘을 올려다본 기억이 있다. 그때의 나는 자주 죽고 싶었기 때문에, 한 번 멸종했다가 되살아난 나무를 꼭 봐야만 했다. 그렇지 않고선 도무지 살아갈 재간이 없었다. 메타세쿼이아 길에서 목이 긴 나무를 좋아하던 애인을 생각한다. 끝내 날 두고 죽어버린 애인의 유서엔 내 이름이 없었다. 어째서 그래야만 했는지를 생각한다. 답을 알고 있는 애인은 이미 죽어버렸기 때문에, 나는 영영 이유를 알지 못할 거라고 체념한다. 언젠가 비슷한 소설을 읽은 기억이 있다. 여자친구의 유서에 본인의 이름이 적혀있지 않았던 남자의 이야기. 쓸쓸한 일이다. 볕이 닿지 않은 나뭇잎의 이면이 심해 같은 색을 띠었다. 나는 어째선지 숨을 쉴 수가 없다고 생각한다. 강에서 건져낸 애인의 몸은 왠지 정갈했다고 했다. 덕분에 '그럴 수도 있는 거냐'는 말 뒤로 소란스럽게 회자되었다. 누군가는 참 너답다. 라고 생각했을지도 모를 일이다. 나는 잠깐 애인이 되는 상상을 한다. 볕 좋은 어느 날에 기어코 뛰어들어야만 했던 애인의 처지를 짐작하려 애쓴다. 수해(樹海) 속에서 익사한다면, 나의 사인은 무엇으로 기록될까. 어쩌면 애인을 닮아 정갈할 수는 있을 것이다. 헤엄을 칠 수 없으니, 가능성이 아주 없는 건 아니었다. 그녀는 이제 왼팔로 턱을 괴고 있다. 볼펜은 노트 옆에, 그러니까 하얀색 머그잔과 노트 사이에 가지런히 놓여있다. 어쩌면 결벽증 같은 게 있을지도 모르겠다고, 나는 짐작한다. 볼펜을 집어 들고 세계를 양분하는 상상을 한다.

어차피 내 세계의 반경이라고 해봐야 고작 1,500m를 넘지 않을 것이 뻔했기 때문에, 어쩌면 가능할 일일지도 몰랐다. 한 사람의 세계란 시기에 따라 볼펜 하나로 양분될 만큼 시시한 것일 때도 있다. 지금의 내 세계는 겨우, 그만한 것이다. 애인이 날 두고 갑자기 사라져버렸기 때문에. 소실되어가는 세계를 묵묵히 지켜볼 책무가 주어진 것이다. 벽에 걸린 시계를 본다. 열두 시 십오 분을 막 넘어가고 있다. 마감 시간까지 채 다섯 시간도 남질 않았다. 시간은 생각보다 공평하게 흐르지 않는다. 죽은 애인을 생각한다. 애인의 시간은 영원히 정오에 맞춰져 있다. 차고 있던 시계가 정확히 열두 시에, 멈춰져 있었다고 했다. 정황상 자정이라고 보긴 힘들었다. 그렇다면 틀림없이 정오일 것이다. 사람들이 수군대는 소리를 복도에서 몰래 듣는다. 오전도, 오후도 아닌 게 그래 딱 너답다. 생각한다. 다섯 걸음쯤 떨어져 앉은 그녀는 가지런한 눈썹을 했다. 고개가 가끔 자전하는 반대 방향으로 기울어진다. 불가항력이다. 행성을 닮은 둥근 머리는 무슨 생각을 하고 있을까. 나는 중얼거린다. 한낮의 카페는 한산했다. 이 시간에 카페에서 여유를 떨 수 있는 사람은 크게 몇 종류로 분류할 수 있고, 그녀는 짐작건대 아마, 소설을 쓰고 있을 것이다. 그녀를 관찰하기로 한다. 깜빡이는 커서의 속도가 조금 느려진 것 같기도 하다. 어떤 것부터 적으면 좋을까,

나는 먼저 그녀의 입술에 대해서 적기로 마음먹는다. 무언가를 읽을 때만 작게 벌어졌다가, 가끔 입꼬리를 올렸다가, 굳게 다물어지는 입술에 관해서. 그다음은 자주 좌, 우로 오가는 눈동자에 관해 적기로 한다. 노트의 왼쪽 끝에서 오른쪽 끝으로 시선이 움직일 때마다, 하나의 세계가 점점 견고해진다. 마지막 줄엔, '그리운 얼굴을 닮았다.'고 적는다.

별안간에 에어컨이 작동되면서 좀 퀴퀴한 냄새가 났다. 그녀는 미간을 찌푸린다. 나는 이 퀴퀴한 냄새가 분명 그녀가 창조하고 있는 세계에 어떤 식으로든 작용할 거라고 짐작한다. 어쩌면 예보에 없던 비가 내릴지도 모를 일이었다. 그녀가 적고 있는 소설에도 내가 나올 수 있을까? 그렇다면 그 세계의 나는 애인을 다시 만날 수도 있지 않을까? 메타세쿼이아처럼, 경계 너머로부터 돌아온 그녀가 정오의 쏟아지는 볕을 맞으면서, 내게 다시 손을 건넬 수도 있지 않을까? 그렇다면 찾는 게 불가능한 답을 듣게 될지도 모를 일이었다.

다시 첫 줄로 거슬러 올라가서, 당신과 닮은 얼굴을 너무 자주 마주치고 산다.고 적는다. 노트를 내려다보는 그녀의 입술이 더이상 움직이질 않는다.

# 숙제

살다 보면 가끔 "작가님은 따로 믿는 종교가 있으세요?" 같은 질문을 맞닥뜨리게 된다. 종교라. 떡볶이를 앞에 두고 떠올리기엔 무거운 주제지만, 내 인생에 잠시 발을 담그고 빠져나간 종교들을 헤아려 보기로 한다.

내게 가장 잘 맞는 종교를 꼽자면, 역시 불교일 거다. 고요하고, 보통 숲속에 있고, 향냄새가 나고, 무엇보다 수련하고 공부하는 것에 목적을 둔다는 게 마음에 든다. 이것저것 이유를 다 걷어내도 그냥 좋다. 마음에 든다. 어떤 것을 아무런 이유 없이 좋아할 수 있다면, 언젠가 무작정 믿고 싶은 마음이 들 수도 있었다. 어쩌면 전생에 연이 닿았을지도 모른단 생각을 잠깐 한다. 불교가 너무 좋은 바람에, 석가탄신일이 크리스마스만큼 요란하지 않은 것에 납득을 하면서도, 마음 한켠으론 어쩔 수 없는 아쉬움을 느끼기도 하는 것이다.

어릴 때 살던 동네엔 작은 절이 하나 있었다. 자주 놀던 공원에 붙어있던 절이었는데, 우리 집에서 안방 창문만 열면 저---멀리 절의 전경을 내려다볼 수 있었다. 절의 오른편에는 도서관이 있었고……. 그때의 내겐 책이 곧 종교와 다름이 없었으므로, 도서관 옆에 나란히 서 있는 절은 상호 간의 이미지를 신격화하는 데에 크게 기여했다고 볼 수 있겠다. 교회에 다닐 때도, 성당에 다닐 때도 나는 틈만 나면 절에 가서 그 고요한 분위기에 흠뻑 젖곤 했다. 절에 가면 괜히 여유가 생기고, 걸음이 느려진다. 어떤 날에는 나를 둘러싸고 있는 크고 작은 세상의 덫이, 덧없는 것으로 느껴지기도 하는 것이다. 더 자주 절에 올 수 있다면, 언젠가 나도 단정한 사람이 될 수 있을 것 같단 생각을 잠깐 한다.

그런 연유로 절에 가는 걸 좋아한다. 관광 목적으로 이것저것 치장한 절 말고, 사람들에게 알려지지 않은 작은 절들. 고요하게 들어가 무언갈 내려놓고 빈 배처럼 하산한다. 조금 가벼워진 것도 같다.

　며칠 전엔 합천 어딘가에 있는 작은 절에 다녀왔다. 한 네 시간쯤 앉아서 숨만 쉬었다. 풍경소리와 빗소리, 향냄새가 꼭 영화 같았지. 그렇게 기억하기로 한다. 절에 가면 생각나는 사람이 있다. 책을 읽고 있으면 어김없이 뒤에서 다가오던 애, 향냄새 때문에 몇 걸음 떨어져 있어도 다가왔음을 자연스레 알게 하던 애, 긴 치마를 자주 입던 애, 주황색을 좋아하던 애, 작은 입으로 예쁘게 웃던 애. 그 애는 버릇처럼 한숨을 쉬었다. 화가 나거나 몸 안에 부정적인 기운이 쌓였을 때 숨을 통해 뱉어야 한다나. 그 애를 잃어버리고 나서는 덩달아 한숨이 느는 바람에 오래 고생했었지. 회상한다.

　"그냥 무작정 한숨을 쉬는 게 아니야. 그거랑은 좀 달라. 이를테면 이렇게," 숨을 뱉으며 말했다. "말로 설명하기가 좀 어렵네. 좋아. 이건 숙제야. 호흡을 뱉기 전에 몸 안에 어떤 부분에 닿았다가 나와야 하는데, 그 지점을 찾아봐. 너라면 금방 알 수 있을지도 몰라." 했다. 그때의 나는, 한숨의 의미보다는 말미에 따라붙은 "너라면 금방 알 수 있을지도 몰라."에 홀려 있었다. 그 애로부터 일정부분 인정받고 말았다는 그 만족감은 내가 그 애를 오래 맹목적으로 믿고, 사랑할 수 있게 했다. 불교식으로 말하자면, 천 번의 생을 살아가면서 계속 인연을 맺은 사이. 그러니까, 천생연분이라고 믿고 싶었다.

그 애는 이제 내 삶에 없다. 어쩌면 우리, 천 번까지는 마주치지 않았나보다 믿고 산다. 다음 생이 천 번일 수 있을까? 그땐 숙제의 답을 들을 수 있을까? 이번 생엔 답을 알 수 없게 된 숙제 하나를 품고 사는 셈이다.

# 에필로그

    다섯 번째 책을 마감했습니다. 내 인생의 집약. 책 안에 적은 나의 취향이나 함께 했던 누군가는 글자라는 형태가 되어 평생 나를 따라다닐 어떤 것이 되었습니다.

    타인의 온기를 실감한 날에는 '인간은 과연 인간으로 태어나는가?'에 대해 생각합니다. 누군가는 망설임 없이 그렇다고 할 테지만, 저는 태어난 뒤에야 비로소 인간으로 '완성되어가는 과정'을 겪는다고 믿습니다. 인간으로 완성되어 가는 길을 걷는 것. 이것이 생을 더 가치 있는 일로 만든다고 믿고 싶은 것입니다.

다시 말하자면, 제가 만나고 만날, 사랑하고 미워한 모든 사람들이 저를 인간에 가까운 모양으로 계속 빚어내고 있다는 뜻일 겁니다. 저의 생을 더 가치 있는 것으로 만들어주셔서 감사합니다. 여러분께 보답하고 싶은 마음으로 하루를 살았습니다. 덕분에 잘 할 수 있을 것 같다고. 잘해야겠다고 다짐하면서.

오늘은 오랜만에 날이 좋습니다.

2020년의 장마는 꽤 지난한 것이었지. 곱씹으면서 이번 책을 마무리 짓기로 합니다.

디렉터S : 여태현 작가의 낮고 잔잔한 문장을 좋아한다. 이 책을 읽다보면
왠지 모르게 쓸쓸함을 즐기게 되는 내 모습을 볼 수 있다.

디렉터K : 삶은 대체로 그리움으로 이루어져 있다.

# 그리운 누군가가 근처에 산다

초판 발행    |    2020년 10월 21일

글            |    여태현
그림          |    주유진

펴낸곳        |    Deep&Wide
발행인        |    신하영 이현중
편집          |    김한욱 신하영 이현중
도서기획      |    김한욱 신하영 이현중

주소          |    서울특별시 마포구 성미산로1길 21 사울빌딩 302호 (03971)
이메일        |    deepwidethink@naver.com
ISBN         |    979-11-971049-3-0

이 도서의 국립중앙도서관 출판예정도서목록(CIP)은 서지정보유통지원시스템
(http://seoji.nl.go.kr)과 국가자료종합목록시스템(http://www.nl.go.kr/
kolisnet)에서 이용하실 수 있습니다.

ⓒ Deep&Wide, 2020